Victoria alada

Para los niños que sufren la violencia y la pobreza.
Por la justicia y la dignidad que se merecen. —SG

Derechos de autor de la edición española © 2023 de Silvana Goldemberg.
Traducción al inglés de Emilie Smith publicada como Victoria por Tradewind Books en 2013.
Publicado en inglés en Canadá, Reino Unido y Estados Unidos de América en 2023.

Muchas gracias a Luis Esparza, Alina Ruiz y Emilie Smith por su ayuda con esta edición.

LIBRARY AND ARCHIVES CANADA CATALOGUING IN PUBLICATION
Title: Victoria alada / Silvana Goldemberg.
Names: Goldemberg, Silvana, 1963- author.
Description: Originally published in English translation under the title Victoria. | Text in Spanish.
Identifiers: Canadiana (print) 20230132278 | Canadiana (ebook) 2023013274X | ISBN 9781926890265 (softcover) | ISBN 9781990598197 (EPUB)
Classification: LCC PS8613.O438 V53 2023 | DDC jC863/.7—dc23

Diseño del libro: Elisa Gutiérrez

La tipografía empleada en esta obra es Mrs Eaves para el texto y Mr Eaves San para los títulos.

10 9 8 7 6 5 4 3 2 1

Impreso y encuadernado en Canadá en papel amigable con los bosques antiguos.

La editorial agradece a The Government of Canada, Canada Council for the Arts y a Livres Canada Books por su apoyo financiero. Agradecemos también a The Government of the Province of British Columbia por el apoyo financiero recibido a través del programa de Book Publishing Tax Credit, Creative BC y British Columbia Arts Council.

Silvana Goldemberg

Victoria alada

TRADEWIND BOOKS
Vancouver · London

"Yo, si tuviera hambre y estuviera desvalido en la calle no pediría un pan; sino que pediría medio pan y un libro . . . Bien está que todos los hombres coman, pero que todos los hombres sepan. Que gocen todos los frutos del espíritu humano porque lo contrario es convertirlos en esclavos."

—Federico García Lorca, Granada, 1931

Todo parecido entre ficción y realidad es mera *coexistencia*.

—La autora

Capítulo 1

UN RAYO DE LUNA ACARICIA LA FOTO PEGADA EN LA PARED junto a su almohada. Victoria mira a la madre y a sí misma sonriendo a la cámara, las dos con el cabello largo y castaño, decorado con hebillas brillantes para su cumpleaños de catorce. *Te extraño mucho, mamá. No quiero cumplir los quince sin vos. No puedo. Y los melli, pobrecitos, preguntan por vos todos los días.* La entrañable voz de la madre suena en sus recuerdos: "No te preocupes, m'hija. Todo va a estar bien." *¿Cuándo, mamá? ¿Cuándo va a estar todo bien?* Victoria no puede dormir. Da vueltas en la cama y cierra los ojos deseando estar con su madre y los mellizos en su propia casa, en el barrio donde vivían antes, del otro lado de Paraná. Abre los ojos . . . *Sigo en el dormitorio de Betina.* La pared está empapelada con pósters de cantantes de cumbia. Un espejo ovalado con marco de plástico rojo cuelga sobre la cama vacía de su prima. *Seguro que está con el nuevo novio.*

Los mellizos duermen en la camita que les improvisaron junto al viejo ropero donde guardan sus pocas pertenencias.

Un ronquido retumba desde la habitación contigua. Le sigue un sonido lento y rítmico que conforta a Victoria.

Doña Norma es más amorosa que tía Marta. Lástima que es tan viejita. Le parece que pasan horas. Desde el otro lado de la casa, Marta discute a gritos con Juan. Martín se queja y gira hasta que se acomoda otra vez. Victoria se levanta para controlar que sus hermanitos no se hayan despertado. *No más pesadillas, por favor.* Los dos duermen profundamente. Ella suspira aliviada y disfruta mirarlos acostados, espalda contra espalda, los cuatro piecitos asomando fuera de la cobija, Damián chupándose el dedo y Martín tocándose el pelo.

Victoria vuelve a su cama y, cubriéndose la cabeza con la almohada, llora. Intenta calmarse imaginando a su mamá que le canta:

"Duerme, mi niña,
que los ángeles tu sueño velarán.
Sueña mi vida.
Si mañana no me encuentras
junto a ti al despertar,
mira al cielo, corazón y me verás . . . " [1]

Las voces de Marta y Juan se escuchan cada vez más furiosas.

—¡Estoy enfermo de este lugar! —grita él—. O mandás esos gurises a un asilo o no me ves más el pelo.

Que se vaya de una vez y se deje de amagar.

Un vehículo petardea en la calle ahogando la voz de Juan por un momento. Luego, sus gritos vuelven: —Y la vieja también me tiene repodrido. ¡¿Por qué no se la lleva a Buenos Aires el hijo ese que dice que la quiere taaanto?!

—¡Idiota, ¿no sabés que doña Norma es la dueña de la casa?! —dice Marta—. La costura no alcanza pa' un alquiler. Y vos . . . mejor andá a laburar antes que te echen de ahí también, mirá . . .

Desde afuera se oyen vidrios y un alarido. Victoria corre a la ventana. Tres muchachos están golpeando a Dany, el hijo del almacenero. Hay una botella rota tirada cerca de él. Lo sacuden y amenazan: —¡Más vale que consigas la guita, pedazo de mierda!

Uno de ellos mira hacia la ventana de la habitación de Betina. Tiene una cicatriz en la frente, se ve brillante y roja bajo la luz del farol. Asustada, Victoria se agacha y espera varios minutos hasta que vuelve a espiar, esta vez por detrás de la cortina. Los muchachos están saltando a la parte trasera de una destartalada camioneta. Dany se arrastra dolorido hacia el almacén.

Mientras el vehículo acelera, el de la cicatriz le advierte: —¡Si mañana no tenés la guita, estás muerto, pendejo!

Pobre Dany . . .

—¡Por mí andate al carajo! —grita Marta y, segundos después, un golpe violento sacude la casa. Juan se aleja por la vereda tambaleando. *¡Borracho!*

Damián solloza.

—¡¡VICTORIA!! Dale que es tarde. ¡Mové el culo, m'hija! —La despierta su tía asomada desde la puerta del cuarto—. Hay una montaña pa' planchar. Tenés que llevar el vestido a la señora de Meitry y buscar los remedios pa' doña Norma.

Ella se esfuerza para levantarse y mira la cama de los

mellizos. Ellos no están, pero sus risas llegan desde la vereda. *Qué suerte que se distraen jugando con los vecinitos.*

Cuando Marta entra a la cocina a calentar agua para tomar mate mientras cose, Victoria deja de lavar las tazas que quedaron del desayuno, respira hondo y le dice: —Tía, como los melli van a empezar la escuela, yo estaba pensando que...

—¡Aaaah! ¿Así que estuviste pensando? —se burla Marta.

—Es que quiero volver a la escuela.

—Dejate de tonterías, ¿querés?

—Pero tía . . .

—¡Pero tía las pelotas! Ni se te ocurra —la frena Marta—. Hay mucho que hacer y yo no voy a andar de esclava pa' que la **princesita** se ande dando lujos.

—Igual te voy a ayudar.

—¿Me viste cara de boluda, vos? Haceme el favor . . .

—La escuela son pocas horas.

—¡Basta, m'hija! ¡Dije que no! Y ahora hacé un guiso que Juan quiere almorzar temprano —dice la tía y, apurándose a apagar el agua antes de que hierva, murmura—: Encima ir a la escuela . . . ¡Ja! Lo único que falta . . . —Caldera en mano, sale de la cocina dejando un rastro de vapor.

—Quiero ser maestra —dice Victoria, pero nadie la escucha. Saca papas y zanahorias de una caja de cartón, selecciona las comibles y comienza a pelarlas—. *A Marta lo único que le importa es hacerme trabajar. Mamá quería que yo terminara la escuela.*

—¿Qué estás cocinando, cosita? —murmura Juan a sus espaldas.

Victoria se paraliza. El hombre le pone una mano en la cintura y se apoya sobre ella. Su aliento huele a vino rancio. Ella lo empuja y gira enfrentándolo. Juan se tambalea tratando de mantenerse en pie.

—¡Eeeh, linda, no te vas a enojar por una pavadita así!

—Él le sonríe con dientes amarillos y ojos enrojecidos.

¡Qué asco!

Juan se le acerca otra vez y ella, mostrándole el cuchillo con el que pelaba las papas, lo amenaza: —¡No te atrevas a tocarme, perro inmundo!

El hombre da un paso atrás y Victoria corre a encerrarse en el cuarto de Betina.

—¡VICTORIAAA! —la llama su tía.

¿Por qué no me cree cuando le cuento lo que me hace Juan?

—¡VICTORIAAA! ¿Qué estás haciendo que no estás en la cocina? ¡Dejá de perder tiempo y vení a cocinar, che!

Victoria mira la foto en la pared. *Quiero ser fuerte como vos, mamá.*

—¡Mierda! ¡VICTORIA! —grita la tía, ahora desde el cuarto de doña Norma—. ¡VICTORIAAA! Traé el trapo que la vieja se meó otra vez. ¡VICTORIAAAA! ¿ME ESCUCHÁS?

Al anochecer, Victoria regresa de entregar y recoger ropa de las clientas de su tía. La bicicleta de Juan está ocupando casi todo el pasillo de entrada y deja poco espacio. La evita con cuidado para no ensuciarse. La casa está tranquila, salvo por los ronquidos de doña Norma.

Tan pronto como Victoria entra al comedor, Juan sale del dormitorio de Marta.

—¡Hola, cosita! —la saluda apestando a alcohol. Victoria da un paso atrás con disgusto y miedo. —¿Dónde están los melli?, ¿y la tía?

—No sé y me importa un carajo —dice Juan y la arrincona contra la pared —. Mejor si no están.

—¡Dejame en paz! —le grita ella y lo empuja con la bolsa de ropa.

Él arroja la bolsa con furia, se abalanza y, agarrándole los brazos, la arrastra hasta tirarla sobre la mesa de costura. Victoria, desesperada, se mueve para liberarse, pero las tijeras, las agujas y los carreteles se incrustan aún más en su espalda. Juan se presiona contra ella. Victoria siente náuseas. Horrorizada, lo trompea y patea, pero cuanto más lucha, más violento se pone Juan. Ella le clava los dientes en el brazo. Él grita y la suelta para descargar su indignación en un cachetazo. La cara de Victoria arde como si se la hubiese dejado en carne viva; quiere llorar, pero no puede darse ese lujo. Juan se distrae un ínfimo instante mirándose el brazo ensangrentado y ella, con toda la rabia acumulada, le pega una patada en los testículos que lo deja doblado en el piso aullando de dolor y frustración.

—¡Morite, hijo de puta! —le grita Victoria y huye hacia la calle.

Capítulo 2

VICTORIA CORRE LO MÁS RÁPIDO QUE PUEDE Y SE DETIENE al doblar la esquina. Dos muchachos están arrastrando a un tercero hacia un callejón. Uno lleva un revólver. *Es el de la cicatriz.* Victoria se desliza detrás de un muro bajo y se agacha. Siente el corazón a punto de explotar.

—¡No! ¡Por favor . . . no! —ruega alguien.

Es Dany.

Desesperada por el miedo, Victoria se levanta decidida a golpear la puerta de la casa para pedir ayuda, pero el sonido de un disparo la paraliza. Los dos muchachones están parados junto al cuerpo inerte de Dany. Ella se cubre la boca para no gritar.

Se escuchan pasos acercándose desde la esquina. Los muchachos huyen y, al pasar frente a Victoria, el más chico la descubre y se frena asustado.

—¡Vamos! —grita el de la cicatriz y, antes de volver a correr, clava los ojos enfurecidos en los de Victoria.

Se oyen gritos y los muchachos se desvanecen en la oscuridad del callejón.

Dos mujeres corren hacia Dany. —¡Dios mío! ¡Lo mataron!

Victoria se levanta y se escabulle entre las casas. Corre por calles estrechas hasta que se le agotan las fuerzas y le duele el pecho. Se detiene junto a la estatua de la mujer indígena que sostiene una flecha a la altura del corazón. *¡Estoy en el Parque Urquiza!* Se sorprende al darse cuenta de la distancia que acaba de recorrer. Nunca imaginó que sus piernas y sus pulmones podrían llevarla tan lejos.

La impresión de las manos de Juan sigue sobre su piel, siente náuseas. Mareada, se sostiene de las rejas que protegen la estatua. Piensa en Dany, en los mellizos, en qué dirán al darse cuenta de que ella no vuelve y en cómo hará para verlos sin encontrarse con ese monstruo que vive en la misma casa.

Victoria camina para no dejarse vencer. Está agotada, tiene sed. En la heladería están solo los empleados charlando detrás del mostrador. Ella se acerca a la fuente de agua y bebe con tanta desesperación que se ahoga.

—¡Eh, che! ¡Eso es pa' los clientes! —le grita uno de los empleados.

Victoria pide perdón y se sienta en uno de los bancos del parque. Sujeta sus manos al borde del asiento y un llanto incontenible brota a través de sus ojos y de su garganta como un volcán que rompe en erupción.

Las fuerzas para llorar se agotan, pero el dolor persiste. Observa a su alrededor y se da cuenta de que la heladería cerró. Un grupo de muchachos camina hacia ella. El más alto apoya un pie en el banco y pregunta: —¿Qué hacés acá?

—Nada . . . Estoy descansando —responde Victoria.

Otro, uno flaquito, se asoma por detrás del grandote y

agrega: —Bueno, ya descansaste, así que ahora te las tomás. ¡Este lugar es nuestro!

Ella, desconcertada, les dice: —Pero hay otros bancos . . .

El grandote se le acerca más e, inflando el pecho, le dice: —No te hagás la boluda, pendejita. ¿O andás con ganas de meterte en quilombo?

Victoria se levanta y se va lo más rápido que puede.

—Muy bien, así me gusta, vaya a casa con mamita —se burla el menor. Los otros se ríen, lo palmean y le pasan un cigarrillo.

Victoria se aleja y camina por la costera intentando ser invisible. Alguien la toma del hombro por detrás. Ella se congela.

—¿Tenés fuego, flaca?

Victoria se da vuelta. *Otros más.* —No, no fumo.

—¿Y guita tenés? ¡Dame la plata! —le gritan.

—No tengo.

—¡Dale, danos la guita o te vas a arrepentir!

Ella insiste: —No tengo nada. En serio.

—Vamos a ver si esto te afloja el bolsillo —dice uno de ellos y le da un puñetazo en el estómago.

Victoria se encoge y gime. El matón la empuja y sus huesitos chocan en seco contra el piso. El dolor se propaga desde su piel a sus entrañas, desde lo que vive a lo que extraña. Es demasiado todo lo que le sucedió, todo lo que perdió en tan poco tiempo.

—¡Ey, che! ¡Dejen a esa pobre chica! —resuena un grito desde las sombras. Es un anciano delgado y barbudo que camina hacia ellos empujando un carrito de supermercado repleto de cachivaches.

Los bravucones se burlan de él y el hombre, sin alterarse, ordena: —¡Ataque, Pardo!

Un perro marrón corre hacia los muchachos y estos escapan maldiciendo. El anciano sonríe y palmea al animal que vuelve a su lado moviendo la cola. —¡Bien hecho, Pardito!

Lentamente, Victoria se pone de pie y le agradece.

—Tuviste suerte, m'hija. Son capaces de cualquier cosa esos tarados —dice el anciano con rostro amable y ojos brillantes. Entre sus pies juega otro perrito, un cachorro negro con una mancha blanca alrededor del ojo izquierdo.

El hombre comienza a mover su carro y, retomando el camino, le dice a Victoria: —Yo soy Pepino, o Pepe, como quieras.

—Yo soy Victoria —le dice ella y lo alcanza para caminar junto a él.

Mientras avanzan, Pepino hace un gesto con la cabeza señalando hacia los perros y dice: —Ya conociste al Pardo. El chiquito es el Mordelos.

—¡¿Mordelos?!

—Ajá. Ahora me voy a echar que estoy recansado, vengo caminando de por allá cerca de Oro Verde.

—Eso es bien lejos . . . —dice Victoria, recordando las veces que iban en colectivo a visitar a la abuela Raquel, una tía de su mamá.

—Ajá. Yo tengo un lugar pa' dormir, podés venir conmigo si no tenés donde quedarte —le ofrece Pepino.

Las desvencijadas ruedas del carro chocan constantemente contra los desniveles de calles y veredas hasta que llegan a la escuela Centenario. Allí, Pepino indica a Victoria que lo siga y, girando el carrito, lo sube a rastras por los escalones. Los perritos, aquerenciados, se apuran ganando posiciones para llegar antes al podio. Pardo huele la puerta principal y levanta la pata para saludarla. El hombre señala el rincón entre la gigante puerta de madera y la pared y dice: —Vos, tirate acá, m'hija. Te tapa la fresca. —Luego, saca del carro una manta apolillada y se la ofrece.

—No, gracias. Estoy bien —dice Victoria. La conmueve su gentileza, pero el hedor que sale de la cobija le resulta insoportable.

—Como quiera, m'hija —dice el anciano y se pone la manta de chal.

Victoria se sienta con la espalda contra la pared de la escuela. Pardo mueve la cola y se acuesta hecho un ovillo junto a ella. Mordelos también se le acerca y le lame los cachetes dándole la bienvenida a la manada. Victoria los acaricia agradecida.

El hombre busca algo dentro del carro. Mueve botellas, bolsas y ropa vieja hasta que encuentra un pedazo de cartón y, extendiéndoselo a Victoria, le dice: —Tomá, che, acostate arriba de esto pa' que no te dé el frío del piso.

Ella lo toma con una sonrisa y lo coloca sobre las baldosas.

El anciano saca una botella del bolsillo del saco y bebe con avidez. Luego se detiene, eructa y, mirando a Victoria como pidiendo perdón por su falta de modales, le ofrece la bebida.

—Yo paso —dice ella y sonríe mirando a Mordelos lamiéndose una pata y a Pardo rascándose detrás de la oreja. *Son graciosos.*

Pepino le da una manzana: —Agarrá che, seguro que tenés hambre.

—No . . . no te voy a decir que no —dice Victoria, y le agradece. La limpia frotándola contra su camiseta y la saborea. Es dulce y jugosa. Entre bocado y bocado, le dice—: Su carro es como el sombrero de un mago, don Pepe. Usted hace aparecer cualquier cosa de ahí.

—Ajá. Hay que hacer de todo pa' no desaparecer. —Levantando la botella, dice—: Ahora dejá que llueva nomás.

—Y bebe hasta terminarla.

Pobre viejo, solo y en la calle. Victoria se acuesta sobre el cartón y siente el cemento duro y helado bajo su cuerpo. *Ahora yo estoy en la calle también.* Se estremece. Cubre su cara con el brazo para bloquear el aire frío y adivina a sus hermanitos acostados, espalda contra espalda, los cuatro piecitos asomando fuera de la cobija, Damián chupándose el dedo y Martín tocándose el pelo. Les sopla un beso imaginario. *No se pongan mal porque me fui. Te prometo, mamá, que voy a volver a buscarlos. Te lo prometo.*

Capítulo 3

Victoria se acurruca en la manta esperando el olor familiar de las sábanas de su tía, pero en cambio, la invade un tufo agrio y desagradable.

—¡Qué asco! —dice y, sentándose, lanza la manta tan lejos como puede.

Pepe duerme contra la pared de la escuela. *Seguro que me tapó él cuando estaba dormida.* Pardo duerme hecho un ovillo a su lado y Mordelos viene hacia ella y le lame la mano.

—Buen día, cosita linda —le dice Victoria y un ataque de estornudos le reavivan los dolores. Tirita por el aire frío y húmedo de la mañana. Le duele la garganta.

La puerta de la escuela se abre y sale un hombre de uniforme gris. —¡Eh, Pepino! ¡Hace mucho que no te veía!

—Ajá, anduve por Oro Verde . . . —responde el anciano incorporándose.

El empleado de la escuela, con amabilidad, le pide: —Ahora andá yendo que van a empezar las clases. —Y desaparece dentro del edificio.

—¿Va a venir esta noche otra vez, Pepe? —pregunta Victoria esperanzada.

—No, m'hija. Ahora agarro pa'l lado de Cerrito. En unos

días, capaz —dice él guardando los cartones en el carro—.
La cobija te la dejo, che. Vos podés volver acá esta noche si
no tenés donde ir. ¡Pardo, Mordelos, vamos!

El hombre baja torpemente el carrito por los escalones
y ella le hace chau con la mano. Una punzada de soledad le
clava el pecho al ver a Pepe alejarse por la vereda arbolada
con los dos perros trotando a su lado.

En la esquina de la escuela hay un pequeño jardín y un
grifo que sobresale entre los rosales y las palmas enanas
como el periscopio de un submarino. Victoria camina hacia
allí para lavarse. *Me gustaría meter todo el cuerpo bajo el
agua.* Mientras se desenreda el pelo con los dedos ve que
algunos estudiantes se han detenido a mirarla, unos ríen,
otros cuchichean. *Yo también voy a ir a la escuela.* Mientras termina
de asearse, canta uno de los tangos favoritos de su madre:

> *"De chiquilín te miraba de afuera*
> *como esas cosas que nunca se alcanzan . . .*
> *. . . lari rara . . .*
> *como una escuela de todas las cosas . . ."* ²

Victoria lava la manta y la retuerce una y otra vez, tratando
de exprimir un poco su ansiedad con cada gota de agua.
Siente el rostro caliente y los pies congelados. Un dolor
agudo en el estómago la obliga a sostenerse de un árbol y
vomita un líquido verde con semillas de manzana. Está cubierta en transpiración. *El San Roque está cerca. Mejor voy pa' allá.*

Le lleva mucho tiempo llegar al hospital de niños. Tiene
que parar con frecuencia por los mareos, las náuseas y la

debilidad. Cuando por fin llega, la sala de espera está llena de mujeres, algunas embarazadas, otras con bebés en brazos y/o con niños de la mano. Ella se ubica en la fila que llega al mostrador. Cuando llega su turno, la atiende una señora gorda, maquillada con colores brillantes que contrastan con su delantal celeste: —Nombre.

—Victoria Díaz.

—¿Cuántos años tenés?

—Catorce.

—¿Estás sola?

—Sí, . . . mi mamá . . . está trabajando. —Traga saliva y la bilis le quema la garganta.

Mientras la recepcionista toma nota sin levantar la vista, continúa preguntando: —¿Dirección?

Ella inventa: —Salta . . . 627. —Tiene miedo de que contacten a su tía.

—Bien, querida. Ahora esperá —le dice la mujer—. La doctora te va a llamar cuando te toque.

Victoria se sienta en un banco de madera entre una jovencita embarazada y una madre con dos hijos, uno en cada rodilla.

—¿Díaz? ¡Victoria Díaz!

Victoria se despierta sobresaltada. Tiene la cabeza apoyada en el hombro de una anciana, la joven embarazada y la madre con los dos niños se han ido. *Me quedé dormida.*

—¿Qué hora es? — pregunta confundida.

La anciana sonríe: —Deben ser como las 3, pero no estoy segura.

—¡¿Victoria Díaz!? —insiste una mujer con el cabello oscuro y corto. Lleva un delantal blanco y un estetoscopio colgando alrededor del cuello.

—Soy yo. Yo soy Victoria Díaz.

—¡Hola! Soy la Dra. Lagos. Seguime, por favor. —La doctora la conduce por el pasillo hacia un pequeño consultorio. Allí le indica que se siente en una camilla y le pregunta—: ¿Qué te anda pasando?

—Me quema la garganta, y la frente también. Vomité.

La doctora le hace abrir la boca y, bajándole la lengua con un palito de madera, la observa con una linterna. —Es una infección. Ahora quiero escuchar tus pulmones.

Cuando Victoria se levanta la camiseta, la doctora se asombra: —¿Qué son esos moretones?

—Nada.

—Mmm . . . ¿alguien te golpeó en tu casa?

—No. Me caí por las escaleras en la escuela.

—Podés confiar en mí.

—Estoy bien. No es nada.

La doctora suspira y, al terminar de auscultarla, le dice: —Te voy a dar algo para la infección y te va a bajar la fiebre. —Saca una caja de remedios de un cajón y se la entrega—. Tomá una de estas pastillas dos veces por día por una semana justa, hasta el . . . viernes que viene. Vas a estar bien.

La doctora camina con Victoria hasta la sala de espera y, antes de llamar al próximo paciente, le dice: —Ahora andá directo a tu casa y te metés en la cama.

¿Casa? ¿Qué casa, doctora?

Sin lugar a donde ir, Victoria avanza lento y sin rumbo

bajo un sol caliente. Mientras camina, piensa en su mamá cuando, por las tardes, regresaba de limpiar las casas de gente rica. Traía algún paquete con restos de comida que le regalaban las patronas y bolsas repletas con prendas finas que ellas le confiaban para que las lavara a mano. Nunca le faltaba qué lavar y siempre lo hacía cantando. El rostro de su madre surge por detrás de blusas, vestidos y pantalones que, entre burbujas de espuma blanca, danzan al compás de su voz. Y los labios de la hija la besan al cantar:

"... Amigo, hay muchos días que esperan adelante
confiados en tu aguante por este tropezón,
y hay aguas cristalinas y soles fulgurantes
en este rumbo errante, que sigue el corazón ..." [3]

Y así, entonando memorias, rescata algo de fuerzas para deambular un poco más por la ciudad que no la ve.

Al llegar a Plaza Alvear ve un grifo como el de la esquina de la escuela. Se pone en la boca una de las píldoras que le dio la doctora y la toma con el agua fresca que le brinda el grifo.

El hambre le duele, pero está demasiado cansada para buscar comida. Luego se sienta al sol en uno de los bancos y, junto a ella, extiende la manta para que se seque. *Pepe no va a estar en la escuela esta noche. ¿Adónde voy a dormir?*

Recuerda cuando fue al club San Agustín, donde Betina cantó en una quermés. En una vitrina del club, la prima le mostró un trofeo. Tenía la forma de una mujer dorada, con alas abiertas y postura triunfante. "Se llama Victoria

Alada", le había dicho Betina. *Vos me pusiste Victoria, mamá. No me dejés perder.*

Vuelven las náuseas. Victoria se levanta y busca un lugar más escondido. Encuentra uno detrás de unos árboles, entre los arbustos. Se acuesta y se cubre con la manta. *Ayudame a ser victoriosa, mamá.*

Victoria se despierta con el canto de un benteveo. Su gorjeo le recuerda cómo su mamá, cada vez que escuchaba a aquella avecita marrón y amarilla, silbaba imitándola. Se frota los ojos y mira a su alrededor. Es de mañana, ha dormido toda la noche en el banco de la plaza.

En lo alto de un jacarandá, el benteveo se está arreglando las plumas. Luego revolotea hacia un charco, bebe y sacude la cabecita con esa franja negra similar a un antifaz. A Victoria le da gracia y lo saluda: —Buen día.

Él responde esponjando sus plumas y las gotas de agua vuelan por el aire.

Victoria va hacia el grifo, se lava lo más que puede y toma otra de las pastillas. *Me siento un poco mejor hoy.* Guarda la caja con el resto de la medicina en el bolsillo, pliega la manta y, colocándosela bajo el brazo, camina por el sendero de baldosas rojizas observando las cuadras que rodean la plaza. Hay varios edificios de oficinas, una estación de servicio, dos museos, la iglesia San Miguel, el Café Los Andes y algunas, muy pocas, casas de familia. *Qué lindas, deben ser de gente con mucha plata . . . y heladeras llenas.*

Desesperada por comida, cruza la calle y se detiene en una casa blanca enorme y toca el timbre. La puerta se abre apenas y ella pregunta: —¿Tiene algo pa' comer, por favor? —¡No, querida! Y no vuelvas a molestar a esta hora que estamos desayunando —dice una voz cortante y la puerta se cierra, al igual que todas las demás.

En una esquina hay dos muchachitos lavando el parabrisas de un coche detenido por el semáforo. El menor, al notar que Victoria los mira, le silba y le guiña el ojo. Ella se incomoda, pero, viendo que el conductor les da propina por el trabajo, toma coraje y se les acerca sonriendo: —¡Hola, che! ¿Puedo ayudarlos a lavar?

—Sí, mamita, lo que quieras . . . —responde el jovencito.

—¡Pará, boludo! —le grita el mayor—. Vamos a tener quilombo con el Capitán. —Y, volviéndose a Victoria, le dice—: Rajá, pendeja, esta esquina es nuestra.

Aunque sin mejor suerte, ella sigue intentando en otras esquinas. Al pasar por el Café Los Andes, en una de las mesas de la vereda hay un cuarto de medialuna y una taza de café sin terminar. Cuando el mozo no la ve, ella se mete el pedazo de medialuna bajo la camiseta. El joven la mira con desconfianza, pero no dice nada. Limpia otra de las mesas, se lleva los platos y desaparece en el interior de la cafetería.

Ella se bebe el café que quedaba en la taza y se aleja a comerse el pedazo de medialuna. Al doblar la esquina, ve a dos muchachos en motocicleta que se detienen junto a la puerta trasera del café. Uno de ellos tiene un revólver asomando de la cintura del pantalón. Le parecen conocidos. *¡Los que mataron a Dany!* El de la cicatriz baja del asiento trasero.

Victoria corre hacia el frente de la cafetería para avisar al mozo: —Hay unos entrando por atrás, tienen un revólver.

Un hombre de bigote que está en la caja registradora saca un arma grande y, señalándole un rincón, le dice a ella: —¡Vos agachate y quedate ahí!

Cuando el chico con la cicatriz entra, el hombre ya lo está apuntando y le grita: —¡Rajá de acá o te vuelo la cabeza, pedazo de idiota!

Sorprendido, el muchacho trastabilla y da un paso atrás. El hombre camina acercándole el caño del revólver a la cabeza y el matoncito sale corriendo. Cuando se escucha el rugido de la motocicleta que se aleja, todos vuelven a respirar.

—¡Gracias, che! Sos muy valiente —le dice el hombre—. Mirá . . . este se cagó en las patas, pero . . . uno nunca sabe cómo van a reaccionar. Y si están drogados, ni te cuento.

Victoria sigue temblando. *¿Y si me vieron?*

—¡Qué suerte que esta vez no había clientes! Acá pasa todo el tiempo —comenta el mozo y, señalando al jefe, dice—: Este porteño se vino a Paraná pa' vivir más tranquilo y ya lo afanaron tres veces. Si no fuera por vos, iban a ser cuatro . . .

—Le debés una, Bigote —dice un muchacho saliendo de la cocina.

—Tenés razón, Cacho. Sírvanle café con leche y unas medialunas —responde el hombre y guarda el arma otra vez debajo de la caja registradora. Luego, señalando una silla, le dice a Victoria—: Sentate, dale.

El mozo que le trae un plato con dos medialunas, pregunta: —¿Cómo te llamás, nena?

—Victoria —responde y le brillan los ojos agradeciendo la comida.

—Yo soy Beto y el cocinero, ese tipo fiero —dice el mozo—, es el Cacho.

Bigote voltea la silla que hay junto a ella y, sentándose con los brazos apoyados en el respaldo, le pregunta: —¿Dónde vivís, flaca?

—En la calle.

—¡¿Cómo en la calle?! ¿Y tus padres?

—Mi mamá murió —comienza a decir Victoria, le resulta difícil seguir.

Beto recibe la taza de café con leche que le alcanza Cacho y, al dejarla sobre la mesa para Victoria, le pregunta: —¿Y tu papá?

Ella se encoge de hombros: —Se fue, se borró.

—¿Y no tenés más familia?

—. . . No, no tengo a nadie.

—¿Sabes qué? —dice Bigote—. Nosotros necesitamos a alguien para limpiar por la noche después de cerrar. ¿Querés trabajar acá? Podés dormir en el depósito. Eso sí, durante el día te tenés que ir porque ahí está lleno de cosas y, como nosotros entramos y salimos todo el tiempo, es incómodo y te podés lastimar. Entonces . . . decime, ¿qué te parece? ¿Aceptás?

Victoria mastica el ofrecimiento con más avidez que la medialuna y bebe un trago de café con leche para bajar el bocado trabado por la sorpresa. —¡Sí, claro! ¡Gracias, señor!

—No me digás señor que me hacés parecer viejo —dice él y le pide al cocinero—: Che, Cacho, dale un sándwich que se lleve para después. —Luego, extendiendo su mano, estrecha la de Victoria—. ¿Hecho?

—Hecho.

Capítulo 4

Sentada en un banco de la plaza, Victoria come el sándwich de a bocados pequeños para hacerlo durar. Un muchachito alto y delgado se detiene frente a ella. Se sienta a su lado y le habla: —¿Cómo te llamás?

Victoria da otro mordisco sin contestar.

—¿Está rico?

Ella asiente y evita mirarlo.

—Me llamo Marko.

Victoria le echa un vistazo. Tiene una gorra a rayas negras y amarillas por donde se escapan mechones de rizos desordenados.

—No te vi nunca por acá . . . Yo soy Marko, no Marcos. Es con k y termina con o: M-ar-K-o.

Ella termina de masticar, traga y le dice: —Yo soy Victoria. Victoria con c y termina con a.

—¡Ah! Sos graciosa.

—No, te dije que soy Victoria. ¿Sos sordo?

—No, soy Marko.

Ríen con carcajadas contagiosas, como dos viejos conocidos.

—¿Vivís cerca? —pregunta él.

—Ahora sí, voy a dormir ahí en el café, dice ella señalando

en dirección a Los Andes—. ¿Y vos, de dónde saliste que te apareciste de golpe, así como esos genios de los cuentos, viste?

Él ríe y le dice: —Te venía mirando, vo. Una chiquilina tan linda no pasa por acá todos los días . . . Ella se ruboriza y trata de disimularlo preguntando: —¿No tenés nada más que hacer que mirar?

—Sí, lavo los vidrios de los autos ahí en la esquina de la Facultad, con ese otro botija —le dice mostrándole al compañero que está sentado junto a un balde de plástico, esperando que el semáforo detenga a los próximos clientes. Victoria le cuenta que ha intentado lavar parabrisas, pero sin suerte.

—Podés trabajar conmigo —le ofrece Marko—. Yo lo arreglo con el Capitán.

—¿Quién es ese Capitán?

—Es el jefe, vo. Es dueño de esta y de la mayoría de las esquinas.

—Vos hablás divertido. ¿De dónde sos, che?

—De Montevideo.

—¡¿De Uruguay?! ¿Y cómo llegaste hasta acá?

Marko suspira. —Es una historia larga —dice. Luego se quita la gorra, se peina los rulos con la mano y se vuelve a colocar la gorra, esta vez hacia atrás.

—¿Qué es ese escudo que tenés en el gorro? —quiere saber Victoria.

—Es el de Peñarol —responde, patea una piedrita hacia un arco de fútbol imaginario y, orgulloso, dice—: Soy carbonero hasta la muerte, vo.

—¿Carbonero?

—Así nos dicen a los hinchas porque los primeros jugadores de Peñarol trabajaban con el carbón, en los trenes. Algo así.

—¡Ah! ¿Y de acá?, ¿quién te gusta?

—Vi unos partidos de River y . . .

—¡Nooooooo! No podés ser gallina, vos tenés que ser bostero.

—¿Así que tengo que ser de Boca si quiero ser amigo tuyo?

—Ajá.

Marko la codea. —Mirame a mí, hablando de fútbol con una chica.

—¿Qué, acaso nosotras no podemos hablar de fútbol?

—Bue, dejalo ahí. Che, entonces te venís a lavar autos conmigo, ¿tá?

—¡Sí, dale!

Cruzan la bocacalle en diagonal y se acercan al muchachito que trabaja con Marko. Este, sin vehículos a la vista, está sentado en el camellón contando la propina recaudada hasta el momento. Marko le dice: —Che, Chichón, pegate una corrida hasta Cinco Esquinas que Cogote andaba necesitando más gente. Yo me ocupo acá.

Chichón musita una aceptación, guarda las monedas y se va silbando con las manos en los bolsillos.

Marko mete la mano en el agua sucia del balde y saca un trapo. Lo escurre, levanta un pequeño seca vidrios del piso y, entregándole las herramientas a Victoria, le explica: —Cuando los autos paran, les pasás el trapo por el vidrio y después lo secás con esto. Es refácil, vas a ver.

Victoria asiente.

—Ese es tuyo, chiquilina —le avisa Marko y le señala el coche que viene aminorando su marcha.

Victoria se apresura y apoya el trapo en el parabrisas.

—¡No! ¡Pará! ¡Ya lo lavé! —grita el conductor sacando la cabeza por la ventanilla.

El semáforo le da luz verde y el hombre se aleja insultando. Marko le responde a la distancia y, girando hacia Victoria, dice: —Como decía mi abuela, coche nuevo no quita lo imbécil.

Victoria ríe.

La luz roja detiene a un viejo Chevrolet y Marko se adelanta diciendo: —Yo me ocupo, vo.

Ella sigue con la vista aprendiendo de cada movimiento, sobre todo cuando él recibe las monedas que le extiende el chofer y, colocándoselas en el bolsillo, le dice a ella: —¡Cling, caja! El próximo te toca a vos, chiquilina.

En la siguiente luz roja, frenan dos. Marko indica: —El Jeep es mío y el 4 latas es tuyo.

Victoria hace contacto visual con el conductor para evitar otra sorpresa desagradable. Ante la sonrisa aprobadora del joven, ella comienza a lavar el parabrisas y canta:

".. . Hoy paseás en un auto solitario
con un gesto de pachá,
y andás loco de programas con las chicas
que te miran al pasar . . ." [4]

El conductor, extendiéndole unas monedas, le comenta:

—Cantás lindo, che.

—Buen trabajo, vo —le grita Marko, orgulloso.

Por la tarde, Victoria se marea y tiene ganas de vomitar. Le avisa a Marko que se tomará unos minutos para descansar y camina hasta la plaza. Allí bebe agua del grifo y se recuesta en un banco a la sombra hasta que la descompostura se pasa y puede volver al trabajo.

Coche tras coche, hora tras hora, sus manos se mueven al ritmo de los tangos que su madre le enseñó.

Mientras Marko está esperando la propina frente a la ventanilla del conductor de un Peugeot 504, espía cómo Victoria lava el parabrisas de un Escarabajo y canta:

"¿Quién fue el raro bicho
que te ha dicho, che pebete,
que pasó el tiempo del firulete?" [5]

—Estás reloca, chiquilina —ríe él y corre, para alcanzar antes de que el semáforo cambie la luz, hacia una camioneta Ford destartalada que está detrás del Volkswagen. Cuando Victoria termina con este, se dirige al Renault 12 que llega aminorando la marcha, pero el conductor la frena: —Dejá, nena. Quiero hablar con el uruguayo.

Ella le silba a Marko y este, sin esperar propina del conductor de la Ford, saca una bolsita del bolsillo y se la entrega al del Renault. El hombre le da un billete, acelera tres veces y sale a toda velocidad.

Marko arroja su trapo al balde imitando a un jugador de básquet y dice: —Te invito a cenar, chiquilina. Es de bienvenida. —Vuelca el agua sucia en la calle y le extiende el balde, su trapo y su secador—. Tomá, vo. ¿Podés dejar todo en el café? De día me lo cuidan en el puesto de diarios, así no hay que andar cargando . . . Te espero acá, ¿tá?

Cuando Victoria regresa, Marko está parado contra la pared de la Facultad, fumando un cigarrillo de mariguana. Al verla, aspira y, reteniendo el humo, le ofrece el cigarrillo. Ella lo rechaza. —¿Pa' qué, carajo, te das con esa mierda, boludo?

—Yo qué sé, vo —dice él, encogiéndose de hombros y, comenzando a caminar, le pregunta—: ¿Y por qué te jode tanto el porro, chiquilina?

—Porque si no fuera que mi viejo se drogaba y se emborrachaba . . . El enfermo ese se daba con todo lo que podía, no le hacía asco a nada . . . —dice Victoria y, el odio que ha estado acumulando durante tanto tiempo, se desata—. Él mató a mi vieja . . . Un día llegó a casa colocado y la golpeó pa' que le dijera dónde escondía la guita. Ella no le quería decir, era todo lo que teníamos. El idiota le siguió pegando hasta que la desmayó. Mi prima y yo la llevamos al hospital. Ahí el doctor dijo que estaba en coma . . . No se despertó más.

Victoria se detiene limpiándose las lágrimas y la nariz con el dorso de la mano.

—Eso es bien triste, vo. ¿Y dónde está tu viejo?

—Se escapó el cagón . . . pa' que no lo metan preso y porque no se anima a mirarme a la cara, el cobarde hijo de puta. Le mandó una carta a mi tía. Parece que anda en Brasil, pero no me importa, no quiero ni verlo.

—¿Tenés hermanos?

—Dos, son mellizos. Van a cumplir seis.

Marko se detiene frente a la puerta trasera de la Pizzería Bambino y le dice: —Acá es. — Antes de entrar, apaga contra la pared el poco cigarrillo que le queda y lo guarda en el hueco de la mano. Ella lo sigue.

El lugar huele a queso, aceite de oliva, salsa de tomate y condimentos. Victoria inspira profundo.

Un muchacho de cabello cobrizo y delantal de cocina blanco pasa junto a ellos cargando al hombro una enorme bolsa de harina. Sin quitar sus ojos de Victoria, dice: —¡Hola, Botija! ¿Todo bien?

—¿Qué hacés, Tuco? —le dice Marko—. ¿Y el Bambino? ¿Se escapó otra vez? ¿Te dejó algo pa' mí, vo?

—No está y no me dijo nada —responde Tuco, colocando la bolsa de harina sobre una mesa.

—Como siempre, vo. Bué, dale, tirame una pizza y nos vamos.

Tuco se acerca al horno donde otro muchacho está controlando las pizzas y le pide: —Che, Fideo, sacá una muzza pa'l amigo acá. —Mira a Marko y dice—: Yo te doy una y vos me presentás a la chica.

—¡Eeeeh! Eso te va a costar una cerveza también, vo.

Ella se ruboriza y baja la vista.

—Se llama Victoria, y ¡ojo! . . . que está conmigo.

—¡Epa! Tranquilo que no te la voy a quitar —dice Tuco y

se dedica a abrir la bolsa de harina.

—Entonces los puedo dejar, voy a despedir a unos amigos del interior y vengo —avisa Marko y avanza por un pasillo corto, hacia una puerta azul que tiene pintada de blanco la palabra BAÑO.

Tuco se limpia las manos en el delantal y comienza a amasar. Victoria lo observa y él, que lo sabe, exhibe su arte haciendo girar la masa en el aire.

Cuando Marko vuelve, Fideo le da una caja con la pizza y una botella de cerveza.

—Gracias, vo. Avisenlé al Bambino que anduve, ya me debe dos meses —dice y, cabeceándole a Victoria para que lo siga, camina hacia la salida.

Marko y Victoria se sientan con la espalda contra la pared del Colegio Nacional. Él coloca la caja abierta entre los dos. Ella toma una rebanada y le pregunta: —¿Ese . . . Tuco te dice Botija porque vos decís así?

—Ajá. En Uruguay les decimos botijas a los chiquilines, como acá les dicen gurises; me dijeron que en Buenos Aires les dicen pibes . . . —Marko abre la botella con los dientes, bebe un trago y, tras un sonoro eructo, se la pasa. Victoria decide probar. Es amarga, pero le calma la sed.

Él pregunta: —Tus hermanitos, vo, ¿dónde están?

—Con mi tía.

—¿Y por qué no vivís vos también ahí?

Victoria se encoge de hombros y le cuenta: —El novio de mi tía me molestaba . . .

—¿Cómo?

—Me agarraba . . . Él quería . . .

—Sí, entiendo, vo. Hiciste bien en rajarte. ¿Y qué hacés en Los Andes, chiquilina?

—Voy a limpiar a la noche, después que cierran. Y vos, ¿dónde vivís?

—En un galpón con otros botijas. Un día voy a volver a Montevideo y voy a poner un puesto de flores.

—Un día yo voy a volver a la escuela. Quiero ser maestra.

—Todos tenemos sueños. Mi abuela siempre quería que yo fuera médico, pero con un puesto de flores está bien pa' mí. A mi vieja le gustan mucho las plantas, me puede ayudar.

—Eso está bueno. ¿Y qué estás esperando, che?

—Que vengas conmigo —responde Marko, sonriendo.

Victoria libera una carcajada nerviosa y se sirve otro pedazo de pizza.

Marko toma el último sorbo de cerveza.

Ella pregunta: —¿Por qué te viniste a Paraná?

—Por estúpido. Un amigo de mi padre me dijo si yo quería venir y juntar plata, que él tenía un trabajo pa' mí en su florería. Me llenó la cabeza diciendo que mi vieja estaría orgullosa . . . Me vine y trabajé con él dos meses. Después vino el hijo, que se había ido a Buenos Aires, y me echaron al carajo. ¡Ja, qué idiota que fui! Yo que quería ver a mi madre orgullosa . . .

—Todavía estás a tiempo, boludo. Como dice un tango: "¿Quién te ha dicho, che pebete, que pasó el tiempo del firulete?"

Marko sonríe y promete: —Algún día voy a volver . . . primero tengo que juntar unos billetes pa' llevarle a mi madre. —Se quita la gorra, pone allí las propinas del día y le pide—: Meté lo tuyo acá.

Victoria lo hace y él cuenta las monedas. Divide el total en tres y le explica: —La mitad va al Capitán, nosotros nos dividimos el resto.

—¡¿**La mitad** pa'l Capitán?!

—Y, es el jefe, chiquilina —dice Marko. Luego toma su parte y, poniéndose el gorro en la cabeza, pregunta—: ¿Nos vemos mañana de mañana en la esquina, tá?

Ella asiente con una sonrisa. Marko se despide con un beso en la mejilla y se aleja chocando los pies de costado, como vio hacer a unos cómicos en la televisión. Antes de doblar la esquina, gira y le sopla un beso.

Victoria ríe. *Es bueno este Marko.*

Camina hasta Plaza Alvear y espera sentada en un banco frente al ventanal del café. Las manos en el bolsillo palpan las monedas que se ganó trabajando. *Otra noche sin los mellizos, sin casa. La casa de tía Marta no era mi casa, pero . . .*

Beto despide a un cliente, cierra la puerta principal y comienza a colocar las sillas dadas vuelta sobre las mesas. Victoria se levanta y se le une para limpiar, como prometió.

Cuando está en la cocina tomando el remedio, Beto le grita: —¡Chau, gurisa! Nos vemos mañana. —y cierra la puerta de atrás. El café queda en silencio.

Luego de limpiar, Victoria desarma una vieja caja de cartón que encuentra en el depósito y la despliega en el piso, entre una torre de cajones y una estantería de metal.

Se acuesta cubriéndose con la manta de Pepino y, exhausta, se duerme de inmediato.

Capítulo 5

Sobresaltada, Victoria despierta de una pelea entre matones frente a la casa de su tía. Al descubrir que el ruido de botellas viene del cajón de gaseosas que está trayendo Beto, respira aliviada.

—¡Arriba dormilona! Estamos por abrir —dice él. Tiene una guitarra en la espalda y trata de no golpearla contra los estantes al dejar el cajón en el suelo del depósito.

—Sí, ahora me levanto —dice ella—. ¿Y esa guitarra?

—Tengo una fiesta cuando termino acá. Dale, que se hace tarde. Es un lindo día.

—¡El desayuno está listo, señorita Victoria! —grita Cacho desde la cocina.

Ella sonríe. *¡Qué buenos que son!*

Llenando el balde en el grifo de la plaza, Victoria observa los alrededores esperando ver a Marko llegar. Nada. *Ojalá no se haya metido en quilombo con el Capitán ese por culpa mía* . . . Carga el balde y camina hacia la esquina dejando una estela de gotitas salpicadas en el cemento, una efímera línea de puntos que revela su recorrido.

Victoria lava parabrisas sin parar durante horas. Solo

descansa cuando el semáforo le da luz verde. Una mujer de cabello gris, con un vestido oscuro abotonado al frente y zapatos negros, sale de la Iglesia San Miguel. Victoria la reconoce. —¡Doña Frida! —grita. Tira el trapo y corre hacia ella.

La mujer la mira desconcertada: —¿Te conozco?

—Soy la hija de Susy. ¿Se acuerda de mí? Mi mamá iba a su casa a limpiar.

—¡¿Victoria?! ¿Sos vos, querida? —pregunta doña Frida y la besa en la mejilla—. ¿Cómo están tus hermanitos?

—Están bien, grandes. Van a cumplir seis.

—Supe lo de tu mamá . . . pobrecita. Lo siento —dice la mujer y abraza a Victoria—. ¿Estás bien? ¿Con quién vivís?

—Con mi tía —miente Victoria.

Doña Frida saca de su sostén un billete doblado en cuatro, lo coloca en la mano de Victoria y, cerrándosela con suavidad, le dice: —Comprate algo que andes necesitando. Vení a visitarme cuando quieras, ya sabés dónde vivo. Y traé a los mellizos.

—Sí, claro. ¡Gracias, doña Frida! —dice Victoria y la saluda con un beso. Luego, se aleja caminando muy despacio hacia la esquina, no quiere que la mujer sepa que lava parabrisas.

Al mediodía Marko aparece y empieza a trabajar como si hubiese estado allí toda la mañana.

—¿Dónde estabas? —lo encara Victoria.

—Fui a misa.

—¡¿Misa?!

—Claro que no —ríe—. Tenía que hacer algo pa'l

Capitán, vo. ¡Ah! Y quedate tranqui, chiquilina, que ya arreglé con él pa' que labures conmigo.

—¿Con vos o sola . . . ?

El conductor de una camioneta llama a Marko. Chocan los puños y conversan. A Victoria le parece que hablan en código. Trata de escuchar lo que dicen, pero hablan demasiado bajo. Se encoge de hombros y, al ver que el coche que se acerca es un Mercedes Benz flamante, retoma el trabajo entusiasmada. Cuando termina de lavarle el parabrisas, la mujer que lo conduce extiende su mano con la propina, suenan decenas de pulseras coloridas que le decoran el brazo y una voz autoritaria: —No tendrías que estar lavando vidrios. ¿Vas a la escuela?

Victoria abre la boca para responder, pero la mujer no le presta atención, murmura algo sobre la falta de futuro con la juventud sin educación y, acelerando, sigue su camino.

Yo iba a la escuela. Y los domingos íbamos con mi mamá y los mellizos a tomar helado, a los juegos del Patito Sirirí, a visitar a la abuela Raquel . . .

Cerca de las dos de la tarde, el tránsito desaparece por completo. Marko tira el trapo en el balde y dice: —Vamos a comer algo.

—Me toca pagar a mí, yo invito —ofrece Victoria —. ¿Querés un pancho?

—Tá, vo. Vamos a un puesto que conozco en el parque —dice Marko y lleva el balde al quiosco de diarios que hay a la vuelta de la esquina.

El muchacho que está detrás del mostrador es alto y musculoso, tiene el pelo peinado con gel. Lleva la camiseta de la selección argentina de fútbol.

—Hola, Andrés —dice Marko y le entrega el balde —. Te lo dejo por una horita.

—¿Nueva ayudante? —pregunta el periodiquero. Sale del quiosco, se apoya en el mostrador y le sonríe a Victoria.

Marko responde serio: —Sí. Es Victoria.

—¡Victoria! ¿Victoria alada, como mi trofeo?

—¿Tu trofeo? —le pregunta ella.

—Sí, de fútbol. Yo soy Andy —dice Andrés e intenta saludarla con un beso en la mejilla.

Marko la aparta diciendo: —Estamos con hambre, vo. Después de comer vengo a buscar el balde, ¿tá? —Agarra a Victoria del brazo y se la lleva.

El Parque Urquiza está lleno de gente que disfruta el día de sol. Hay grupos jugando a la pelota, otros pasean en bicicleta, parejas caminando de la mano, adolescentes escuchando música a todo volumen. Marko y Victoria pasan junto a la estatua de la mujer indígena que sostiene una flecha.

¡Qué distinto a la noche que me fui de la casa de la tía!

—¿Estás soñando, vo? —pregunta Marko.

Ella sonríe y lo niega.

—¡A que te gano! —le grita Marko y baja corriendo la barranca. Ella lo sigue hasta que se detienen en uno de los puestos de panchos.

—¡Hola, flaco! Dame dos panchos y dos Cocas. Sacalo de lo que le debés al Capitán, ¿tá? —dice Marko al vendedor y, abriendo una hielera portátil, saca dos latas de gaseosa.

Caminan por la costera hasta encontrar un lugar vacante en el bajo muro que separa al río de la ciudad. Allí se sientan y, balanceando las piernas, miran el agua mientras comen en silencio. Un grupo de adolescentes pasa a sus espaldas tomando mate y hablando de sus maestros.

Victoria pregunta: —Che, **Botija**, ¿ibas a la escuela allá en Uruguay?

—Solo algunas veces. Mi abuela decía que yo era "ratero".

—¿Robabas?

—¡Nooo! Era porque iba de a ratos, por eso me decía "ratero", en chiste.

Victoria ríe y él cuenta: —Iba poco porque tenía que trabajar pa' ayudar a mi madre. No le alcanzaba la plata pa' la comida, y mi abuela tomaba un montón de remedios . . . —Hace una pausa, se quita la gorra y se seca la frente con el dorso de la mano.

Un perro negro con ojos brillantes trota hasta Victoria y ella se baja del muro para acariciarlo.

Marko continúa con su historia: —Un día el maestro vino a mi casa. Nos dijo que hay una ley que obliga a los chiquilines a ir a la escuela. Yo le pregunté si esa ley me daba plata pa' comer y comprar remedios.

—¿Y qué dijo?

—Que estudiar me iba ayudar a conseguir un trabajo mejor y a ganar más plata.

—Bueno, eso es cierto.

—Sí, como te conté que mi abuela quería que yo fuera doctor —dice él y baja la cabeza.

—¿Y tu viejo?

—Se fue con otra mujer, yo era bien chico.

—¿Se te ocurrió ir a buscarlo?

—¿Pa' qué? Él nunca volvió y sabe dónde vivimos.

—Eso es cierto, loco —dice ella mientras sigue acariciando al perro—. Y capaz que estás mejor sin él.

—Qué sé yo . . . —dice Marko encogiéndose de hombros.

Victoria recoge un palito del piso y lo arroja a varios metros alentando al perro para que lo busque. Él ladra, corre a rescatarlo y lo deja a los pies de Victoria, esperando ansioso que ella repita el juego.

—Te gustan los bichos —comenta Marko sonriendo.

—Ajá, mucho —dice ella que ya está lanzando el palito por tercera vez.

Marko se sienta en el muro y se distrae mirando los camalotes que lleva la corriente río abajo. Luego saca una fotografía del bolsillo trasero de su pantalón, la observa durante unos segundos y se la pasa a Victoria, que le extiende la mano para verla. Es una foto de cuando Marko era un niño pequeño en brazos de una mujer joven. Hay un cachorro blanco y negro echado junto a ellos.

—¡Qué linda foto! ¿Es tu mamá? —pregunta Victoria al devolverla.

—Sí, es mi vieja —responde Marko. Señala al perrito y dice—: Este es Momo. —Salta del muro y desliza su brazo alrededor de Victoria que, sorprendida, no sabe cómo actuar, qué decir.

Marko quita su brazo y cambia de tema: —¿Querés ir a ver una peli esta noche?

—¿Estás loco? Es recaro el cine.

Marko ríe. —¡Nooo! Yo digo de ver una en la vidriera del negocio ese que vende televisores en la peatonal.

—Bueno, dale, eso no está mal. Ahora vamos a la esquina que ya andan muchos autos.

Sin bajar los brazos, pasan el resto de la tarde borrando la suciedad que los separa de caras que los examinan demasiado y de otras que los ignoran por completo. Cuando la calle se oscurece, Marko anuncia: —Listo por hoy. —Escurre el sudor del trapo, vuelca el balde de agua sucia en la calle y se los entrega a Victoria.

Cuando ella está dejando las herramientas en el café, Beto le alcanza una bolsa repleta con restos de sándwiches. Victoria le agradece y sale a compartir la buena nueva con Marko mientras cruzan la plaza hacia la peatonal.

Las cuadras, plenas de gente y del bullicio habitual en horario comercial, han bajado las persianas. Todo está en calma y ellos también, solo se dedican a disfrutar del momento y sus bocados. Marko se detiene ante la vidriera de un enorme local con electrodomésticos. No les resulta fácil elegir entre la decena de programas que los tientan. Sus ojos rebotan de una pantalla a la otra, hasta que Victoria grita: —¡Esa, Botija! Mirá, hay un mago.

Se sientan en el borde de un cantero, justo frente al televisor que transmite el mágico espectáculo. Marko coloca la bolsa con delicias entre ambos y, riendo, dice: —Che, chiquilina, ¿pa' qué querés ver magia en la tele? Mirá cómo hago desaparecer la comida en un minuto.

Victoria no lo escucha. Atenta a los trucos del ilusionista, mastica con la boca abierta de admiración. Un payaso interrumpe la función tratando de imitar al mago y ella ríe a carcajadas. Marko la observa y se divierte.

Transcurren horas encantadas por artistas en miniatura hasta que Victoria se da cuenta de que la ciudad se ha vaciado casi por completo. Solo ve a un grupo de adolescentes que caminan cantando, una pareja besándose en el banco de la pérgola, un policía haciendo la ronda a paso lento, un anciano empujando un carrito de supermercado . . . *No es Pepino*. Codea a Marko que se ha quedado dormido y le avisa: —¡Che, boludo! ¡Despertate! Si cierran el café, no puedo entrar.

Él intenta abrir los ojos, pero no puede. Victoria no lo espera y corre a Los Andes.

Cuando llega al café, Cacho está terminando de hacer la lista con los faltantes. Al verla, se alegra: —¡Por fin! Por poquito te dejo afuera.

—Sí, me distraje . . . —comienza a explicar ella, pero le cuesta hablar, de lo agitada que está.

—Tenés que llegar antes de que se vaya el último de nosotros o dormís afuera. —Cacho cierra la caja registradora con llave y camina hacia el depósito—. Me voy, gurisa. Estoy muerto de sueño.

—Yo también. Limpio y me voy a dormir.

—Más vale que quede todo lustroso, ¿eh?

—Mañana traé anteojos de sol pa' que no te moleste el brillo que va tener el piso.

—¡Callate, bolacera! —ríe Cacho y cierra la puerta trasera. Victoria se queda tras ella.

Mientras barre migas de pan, cáscaras de maní, servilletas de papel y tapas de gaseosas, piensa en sus hermanitos, la abruma la culpa de haberlos dejado. —Perdón —les pide, y volcando su peso en la escoba, llora.

Capítulo 6

—¡BUENOS DÍAS! —DICE BIGOTE ENTRANDO AL DEPÓSITO con una colchoneta —. Esto es un regalo para vos, che.

—¡Gracias, jefe! —grita Victoria y salta a darle un beso en la mejilla.

—Está bien, está bien, pero no me pidas nada para tu casamiento —ríe Bigote. Enrolla bien la colchoneta, la coloca sobre un cajón de bebidas y entra a la cocina.

Ya en la esquina, Victoria juega a adivinar qué descubrirá esta vez del otro lado del cristal. El trapo húmedo va y viene despejando la cara de señores serios con corbatas, de señoras acomodándose el cabello o maquillándose, de jóvenes cantando a dúo con la radio y de perros acompañantes que jadean por el calor húmedo. La mayoría de los conductores le deja unas monedas y, muy de vez en cuando, alguno incluye una sonrisa compasiva.

Ante una pausa en el tránsito, Victoria se sienta junto al balde para descansar las piernas. *Otra vez se borró Marko . . . Espero que no aparezca enojado porque ayer me fui y lo dejé solo . . .*

Una camioneta frena en el semáforo y ella reconoce un rostro familiar en el muchacho que va en el asiento del acompañante. Su corazón se detiene. *Es el de la cicatriz, el que matό a Dany.*

El muchacho la mira con odio. Ella no sabe qué hacer, está petrificada y suda.

—¡Hola, che! —dice una voz por detrás.

Victoria se sorprende, no había visto llegar a nadie.

—¿¡Chichón!?

—¿Cómo sabés que me dicen así? ¿Te dijo el Botija?

—Sí, cuando te mandó a las Cinco Esquinas, el día que me trajo a trabajar. Yo te quería decir que me sentí mal, yo no quería que por culpa mía . . .

—Está todo bien, che. Pa' mí es lo mismo —dice él y se sienta a su lado.

Victoria recuerda al muchacho de la cicatriz y observa alrededor. Ni la camioneta ni él están a la vista. *¡Ufff!*

—Primero me decían "Chichón del suelo", porque soy petiso, después se me quedó Chichón nomás. ¿Y vos, che? ¿Cómo te llamás?

—Victoria porque . . . soy victoriosa —dice ella y los dos ríen.

—Che, ¿y el Botija? —pregunta él.

Victoria se abraza las piernas, y apoyando la barbilla en sus rodillas, dice: —No vino . . . otra vez. Estoy sola. ¿Querés trabajar conmigo un rato?

—Sí, un rato puedo.

Pasado el mediodía, una orquesta de instrumentos desafinados retumba en la panza de Chichón. Victoria ríe: —Es tu despertador pa' que cortemos pa' comer. Vení, en

Los Andes los muchachos nos tiran algo. —Él la sigue y juntos llevan las herramientas al depósito del café.

Al verla acercarse, Beto envuelve restos de comida en dos servilletas de papel, y alcanzándoselos le dice: —Che, Vicky, presentarme a tu novio.

—Chichón es mi amigo. Y no me gusta que me digan Vicky —responde ella exagerando sentirse ofendida.

Beto se disculpa riendo y vuelve a su trabajo.

Cuando salen de Los Andes, Victoria ve a Lily, la vecina de su tía, caminando por la vereda de Plaza Alvear. Le entrega el paquetito con comida a Chichón y le pide: —Esperame en la esquina, ya voy. —Luego alcanza a la mujer y la saluda—: ¡Hola, doña Lily!

—¡Ah, sos vos! —dice la mujer mirándola atónita—. Marta me contó que te escapaste.

—Sí, pero no le diga que me vio.

—¿Pa' qué? Sos muy desagradecida, m'hija. Después de todo lo que Marta hizo por vos. Yo la ayudo a cuidar de tus hermanos que juegan con mis chicos en casa. Si no, no sé lo que haría ella, que trabaja tanto.

—Por favor, dígale a los melli que estoy bien y que los quiero mucho —pide Victoria y se le quiebra la voz.

Lily responde con una risita burlona y se aleja caminando. *¡Qué odiosa! ¿Yo qué le hice?*

Victoria se suma a Chichón que la espera sentado contra la pared de la Facultad. Comen sin hablar, sólo se estudian de reojo y sonríen valorando el botín que les regaló el mozo.

Los estudiantes que salen de clase pasan junto a ellos, indiferentes, y siguen su camino, diferente.

—¿Quién era la mujer esa? —pregunta Chichón.

—Una vecina de . . . hace mucho. ¿Y por dónde vivís vos?

—Allá por Bajada Grande, en un galpón que ocupa mi tío.

—¿Y ahí vivís con tu tío o con alguien más?

—Con él nomás. Bueno, yo le digo tío, pero es el que me crió . . . —dice Chichón—. Sabés, mejor me ya voy pa' las Cinco Esquinas. ¡Chau, che!

Al final de la tarde, Victoria aprovecha un recreo que le da el semáforo para observar el sol hecho una gran pelota anaranjada deslizándose detrás de los edificios. La sobresalta una motocicleta verde fosforescente que llega a toda velocidad y frena clavando la rueda contra el camellón. El conductor lleva chaqueta de cuero y anteojos oscuros. El que venía sentado atrás baja de un salto. Es un hombre panzón muy desagradable, tiene una chaqueta con manchas marrones y verdes y boina negra. Abre la boca, escasa de dientes y podridos los que tiene, y grita: —¡¿Dónde carajo está el Botija?!

—No sé. No vino en todo el día.

—Decile al idiota ese que no llevó la guita de ayer y que si hoy no le lleva todo al Capitán . . . se va a arrepentir, decile. —Se sube otra vez a la moto y desaparecen doblando por la avenida.

Victoria ve que Andrés está cerrando el puesto de diarios y se acerca. —¡Hola, che! ¿Vos viste a Marko hoy? —le pregunta.

—No, muñeca —responde él. Esta vez tiene una camiseta de fútbol diferente.

Mientras él termina de cerrar, ella le cuenta: —A veces viene tarde pero hoy ni apareció. Pensé que por ahí . . .

—Acostumbrate, che. El tarado ese va y viene. Anda metido en cosas raras . . . —le dice y, concluido su trabajo, la saluda con un beso en la mejilla y le recuerda—: Yo soy Andrés.

—Ajá, y me acuerdo que jugás al fútbol también.

—Sí —dice orgulloso —. ¿Sabés que me están probando en Patronato?

—¡Qué bueno!

—Ahora tengo que ir a la práctica. Es la tercera vez que voy —cuenta y se aproxima a la motocicleta roja estacionada contra el jacarandá que da sombra al quiosco.

—La tercera es la vencida.

—Ojalá. Bueno, muñeca, voy yendo porque no quiero llegar tarde —dice, y saca el candado de la cadena que une la moto al tronco del árbol.

—¡Está relinda la moto, che!

—Sí, está buena, me la presta el Gringo.

—¿El Gringo?

—El dueño del puesto —dice Andrés, y mirando hacia la plaza, agrega—: Lo estoy esperando porque tengo que darle la plata de la caja antes de ir al club.

—¡Ojo con mi chiquilina, Maradona! —grita Marko, que aparece cruzando la avenida.

Victoria se enoja: —¡Pará, boludo! ¿Quién te dijo que soy tuya?

—Ahí llega el Gringo. ¡Chau, che! —les grita Andrés subiendo a la moto. Avanza despacio hasta donde viene el jefe, le entrega un sobre y se va acelerando.

Victoria recuerda que dejó las herramientas descuidadas y vuelve a la esquina. Marko la sigue y ella le dice: —Vino un tipo a buscarte, dijo que el Capitán quiere la guita. — Lo mira a los ojos y le pide—: No te metás en quilombos, Botija.

—Ya sé. No me digás lo que tengo que hacer . . . —dice Marko—. Vamos a comer. Conozco al del bar frente al correo.

—¿Otro de los que te paga pa'l Capitán?

—Este es amigo mío.

Dejan las herramientas en el depósito del café y caminan, con pasos largos y palabras cortas, hacia el centro de la ciudad. Al llegar al bar, Marko golpea en una ventanita lateral oscurecida por la grasa. La abre un hombre joven con el pelo largo atado en una cola de caballo que se alegra al verlo y le dice: —¡Botija! Esperame un ratito.

Unos minutos más tarde vuelve a abrir la ventana y le pasa una caja de cartón y una botella de cerveza.

Se sientan a comer en los escalones de la catedral. A esa hora el lugar está repleto. Hay niños que suben y bajan los escalones corriendo, turistas sacándose fotos, palomas que revolotean, gorjean y se pelean.

Cuando terminan de comer, Marko se acerca más a Victoria y le rodea la espalda con el brazo. Ella se levanta sacudiéndose las migas de la ropa. Una pandilla de muchachos llega a las risotadas y se detiene en la vereda frente a ellos. Victoria lo descubre. *El de la cicatriz.* Rápido, se sienta junto a Marko y lo abraza ocultando su rostro por detrás de él.

—¿Qué pasa, chiquilina?

—Uno de esos idiotas que están a los gritos . . . Vi cuando mató a un chico vecino mío y después se metió a robar al café . . .

—¿Cuál es?

Victoria espía y le indica: —El que está mirando pa' acá, con el gorro negro.

—Ese loco es el Mate Cosido —dice él y se levanta resuelto—. Esperame acá, yo voy a hablar con el mierda ese.

Decidido, Marko baja los escalones dando pasos pesados. Apurándose para alcanzar al grupo que se está alejando, llama al muchacho. Hablan acaloradamente y ambos miran hacia donde está Victoria. Luego hablan un poco más y Mate Cosido cruza la calle para unirse al resto.

Marko vuelve subiendo los escalones de a dos y le dice:

—Listo, quedate tranquila.

—¿Qué le dijiste?

—Me debe unos favores —dice, y tomándola del brazo le pide—: Olvidate de ese idiota, ¿tá?, vamos a ver una peli.

En uno de los televisores del negocio de electrodomésticos hay una persecución entre vehículos que, desapareciendo y apareciendo entre dunas y palmeras, se chocan más de lo que avanzan. La fuga perfecta.

Cuando la película termina, comienzan a caminar hacia el café. Marko vuelve a poner su brazo en los hombros de Victoria y ella lo ignora.

—¿Estás enojada conmigo, vo? —le pregunta desilusionado.

—No. Me pone mal que andes metido con esa gente como el Mate Cosido . . .

Marko ríe y dice: —¡Ah!, te preocupás por mí, chiquilina. Eso me gusta.

Se detienen junto a la fuente que hay en el centro de la Plaza Alvear. Marko, señalando las sirenas que simulan soplar grandes caracoles cónicos, pregunta: —¿Viste qué brutas? Toman el helado por la parte de abajo del cucurucho, se les va a chorrear todo. —Riendo, mete la mano en el agua para salpicar a Victoria. Ella ríe y corre. Marko la persigue y trata de besarla, pero ella se aparta y dice—: No quiero llegar tarde. Anoche casi me quedo afuera.

Frente a la puerta trasera del café, Marko le pregunta: —¿Tenés las propinas de hoy?

Victoria saca del bolsillo la ganancia del día y se la entrega de manera brusca, haciéndole notar su decepción. —¡Tomá!

Marko guarda todo y se despide: —¡Chau, chiquilina!

—¡¿Y lo mío?!

—Mañana te doy, ahora la necesito —dice él y se va rápido.

Victoria entra al depósito y cierra dando un portazo.

Capítulo 7

TODOS LOS DÍAS DE LAS SIGUIENTES DOS SEMANAS, Marko llega tarde a la esquina y, al finalizar cada jornada, se lleva también la ganancia de Victoria. Hasta que una mañana, cansada y frustrada, ella lo enfrenta: —¿Dónde está mi plata? ¡La quiero ahora!

Marko ríe nervioso y le dice: —¿Qué te pasa, chiquilina? ¿Hoy te levantaste atravesada de la cama?

—Ojalá tuviera cama, boludo. Y no me cambiés de tema.

Marko saca una bolsita de plástico con polvo blanco y le ofrece: —¿Qué tal un poco de este azúcar pa' ponerte más dulce?

—¡¿Estás loco?!

—¿Y un beso entonces? —le dice agarrándola de la cintura e intenta besarla en la boca.

Victoria lo empuja gritando: —¡Soltame, idiota!

—No te enojes, chiquilina. Te estoy jodiendo, vo

Ella señala el bolsillo donde él guardó la droga y pregunta: —¿Y qué hacés con eso?

—Se lo tengo que llevar a uno del barrio Macarone.

Victoria sacude la cabeza y le exige: —Mirá, Botija, más vale que me traigas lo que me debés.

Sin responder, Marko corre a ocuparse de una camioneta Ford cubierta de barro que se detiene por la luz roja, dejándole a Victoria el taxi que frena detrás.

Al mediodía llega Chichón, los saluda y se sienta en el camellón junto al balde.

—¡Me venís justo, vo! —le grita Marko—. Tengo que hacer un mandado y vuelvo. Mientras, vos limpiá acá con la chiquilina. —Le tira el trapo y se va apresurado, zigzagueando entre los coches.

—¡Ojo, Botija! —le grita Victoria. Él, sin darse vuelta ni dejar de correr, responde con la mano en alto.

Chichón avanza hacia un destartalado Citroën pero, ni bien apoya el trapo en el vidrio, se inclina y vomita. El conductor lo insulta y prende el limpiaparabrisas, empeorando la situación. Victoria se apresura a lavar el desorden y luego, preocupada, se acerca a Chichón para preguntarle cómo está.

—Pa' la mierda —le dice él. Está temblando y bañado en sudor—. Me agarró de golpe. No sé . . .

—¿Comiste algo hoy?

—Nada. Por ahí el Poxiran me . . .

—¿¡Qué?! ¡¿Te das con el pegamento ese?! ¿Te querés morir, boludo? Vení, recostate un rato —dice Victoria y lo ayuda a sentarse con la espalda contra la pared de la Facultad—. Esperame acá, yo ya vuelvo.

Victoria saca el trapo del balde y corre hacia la plaza. Recoge una botella de plástico del tacho de basura y, con el agua del grifo, lava bien el trapo y llena la botella. Después vuelve a donde está Chichón, se arrodilla junto a él, le da un beso en la frente y le entrega el agua. Mientras él bebe, ella le limpia la cara con el trapo mojado y le dice: —Te acompaño hasta tu casa.

—¡No! Vos seguí trabajando que el Capitán se va a enojar. Yo me quedo un rato así y se me va a pasar. En serio.

—Me importa un carajo el Capitán, yo también necesito descansar. Vení, vamos a la plaza y nos sentamos a la sombra hasta que estés mejor.

Victoria entra a dejar las herramientas en el depósito. A los pocos minutos, sale con un sándwich para Chichón que la está esperando sentado el umbral.

—Nooo, gracias, che, me duele la panza . . . Tengo un revoltijo . . .

—Un pedazo de pan, aunque sea, dale, algo tenés que comer.

Él muerde un bocado y lo devuelve: —No puedo . . .

En la plaza, eligen un banco a la sombra de un gran palo borracho. Se sientan, y apoyando sus cabezas contra el largo hombro de madera, dejan volar la mirada y los pensamientos. La brisa mece las ramas y ambos se quedan dormidos.

Victoria se despierta, alguien la está agarrando. —¡Soltame, idiota! —grita asustada y explotan risas.

Un grupo de muchachos la rodea. Beben cerveza y siguen riendo a carcajadas. Uno de ellos se resbala y cae sobre Victoria. Ella lo empuja y él ríe más fuerte.

—¡Dejen de joder y vayansé a la mierda! —grita Chichón, poniéndose de pie.

—¡Uy, qué miedo, piojito! —se burla el que parece el menor del grupo, y buscando la aprobación de los demás, los mira y le dice a Chichón—: Si querés estar solo con tu novia, llevala a un hotel, galán de cuarta.

Uno alto y flaco, lo toma del brazo diciendo: —Vamos, boludo, que vas a hacer llorar a los tortolitos.

Se alejan tambaleándose y, de vez en cuando, se dan vuelta entre gritos y risotadas.

Victoria se levanta y se sacude la ropa. —¡Idiotas! —dice mirándolos tirar una botella de cerveza a la fuente. Y le comenta a Chichón—: Pa' los varones es más fácil andar en la calle.

Chichón respira hondo y, bajando la vista, le dice: —Yo no soy varón.

—¡Qué bolazo decís, che!

Ruborizado, Chichón insiste: —Es cierto, no te jodo.

Victoria lo observa en detalle, no lo puede creer. —¿De verdad?

—Sí.

—¿Y por qué te vestís de varón entonces?

—Por eso, porque es más fácil ser varón pa' andar en la calle.

Victoria lo mira tratando de descubrir la niña que hay detrás. —¡Guau! ¿Marko sabe?

—Nadie sabe. Bué . . . mi tío nomás. Él empezó a vestirme así y a . . . tratarme como varón hace mucho.

¡Qué raro! —Me dejaste muda, che.

Chichón se encoge de hombros. —Eso no es lo peor que me hace . . . —dice Chichón y se muerde los labios. Le caen lágrimas.

Igual que Juan. —Es un hijo de puta tu tío, o lo que sea tuyo. ¿Por qué no te vas de ahí?

—Ya me escapé muchas veces, pero, cuando me encuentra, me caga a palos. Ahora tengo un plan.

—¿Qué?

—Me voy a ir a Rosario.

—¡¿A Rosario?! ¿Y cómo?

—Hay una señora que conocí, siempre viene a Paraná a ver a la mamá que está viejita. Me dijo que me va a llevar y que puedo trabajar con ella en la panadería que tiene.

—Eso está bueno, che.

—No le vayás a decir al Botija ni a nadie todo lo que te dije. Yo hace rato que se lo quería contar a alguien y vos sos la primera chica que lava con nosotros. Y sos muy buena.

—Te juro que no le voy a contar a nadie— promete Victoria y se besa el dedo índice mientras hace con él la señal de la cruz sobre sus labios.

A última hora de la tarde, Marko aparece con las manos en los bolsillos, silbando y pateando una lata de gaseosa aplastada.

—Era lejos donde tenías que ir, che —dice Victoria y le pega con el trapo en el brazo.

—Cosa mía, vo. ¡Ah! Acá tenés tu plata —le dice entregándole unos billetes doblados. Vacía el agua del balde en la calle y agrega—: Vamos a comer, tengo hambre.

—Está bien, pero tenés que llevarme a un lugar lindo, no de esos que le deben al Capitán. Por todas las que te aguanto, digo, ¿no?

—Tá, chiquilina. Pa' que veas, te voy a llevar a uno bien "pipí-cucú" —ríe Marko—. Hay una parrilla camino al túnel . . . —dice señalando hacia esa zona, y su mirada se transforma. —¡Mierda!, el Capitán . . . Ya vuelvo.

El hombre es grandote, de cabello negro tupido y vestido con ropa y botas oscuras. Le resalta un enorme reloj dorado brillando en su muñeca. Agarra a Marko por la solapa y le grita. *¡Qué hijo de puta* . . . *!* El muchachito busca algo del bolsillo y se lo entrega. El Capitán lo suelta con violencia y, girando sobre sus talones, se va arrastrando su maldad.

Cuando ve a Marko avergonzado, Victoria le pregunta:

—Me dijiste que ayer lo viste.

—Sí, pero no tenía toda la guita.

—Así que el comedor ese lujoso se fue al carajo, ¿no?

—Ajá . . . Vamos a pedirle una pizza al Tuco.

Llevando una cerveza y una pizza, bajan caminando por calle Corrientes hacia el Parque Urquiza. Al llegar a los juegos del Patito Sirirí se sientan en dos de las hamacas. Mientras comen, Victoria recuerda las veces que fue allí con su mamá y sus hermanos.

Marko le toca el pie con el suyo: —Che, chiquilina, decime . . . ¿gustas de mí o no?

—Como amigo sí.

— Decí la verdad, vo. Yo te gusto.

—No, Botija. Dejate de joder —dice Victoria sonriendo y le da un golpe suave con el puño en el hombro.

Después de comer, se tiran en el pasto a descansar y se entretienen mirando los aviones que pasan.

En el café las luces están apagadas y no se ve a nadie. Nerviosa, Victoria golpea y prueba en vano abrir las dos puertas.

—¿Qué hago?

—Vení conmigo —le ofrece Marko.

—¿Adónde?

—Hay un lugar donde podemos dormir. Eso sí, tiene más de cinco estrellas, porque se ve todo el cielo. —Bromea, pero la tranquiliza—: Mañana venís temprano y limpiás antes de que lleguen los clientes.

Victoria toma la mano que le ofrece Marko y se deja guiar. Bajan trotando por una de las escaleras que cortan como cicatrices las barrancas del Parque Urquiza.

—¡Es allá, chiquilina! —dice Marko, mostrándole un conjunto de arbustos, palos borrachos y palmas enanas. En el centro de aquellas plantas hay un banco de cemento. Marko le pasa la mano para limpiarlo de hojas, ramitas y telas de araña, luego se acuesta y le hace señas a Victoria para que lo imite.

Ella se tiende a su lado y apoya la cabeza en su pecho. A lo lejos se oyen risotadas, gritos y autos corriendo carreras. *¿Cómo estarán los melli? Los quiero mucho, gurises.* Le lleva mucho tiempo quedarse dormida.

Capítulo 8

VICTORIA ESTÁ ENTRANDO AL DEPÓSITO CUANDO Cacho llega corriendo por detrás: —¡Ey, Victoria! ¿De dónde venís? Si se puede saber . . .

—Se me hizo tarde pero ahora voy a limpiar rápido —dice ella y se apura a buscar la escoba.

Beto se asoma por detrás de la máquina de café: —¿Anduviste de novio anoche?

—¡Qué gracioso! —dice Victoria y comienza a barrer.

—Vení, che. Comé algo y después seguís —dice Beto trayendo un plato con medialunas y tres tazas de café con leche. Mientras desayunan juntos, Beto le advierte—: Ese uruguayito no es trigo limpio. ¿Vos sabés que lo hacen vender droga?

—Es bueno conmigo, me ayudó pa' que lave vidrios y con eso estoy juntando algo de guita.

—Sí, pero tené cuidado, no es buena compañía —le dice Cacho.

En la esquina, Marko está sentado en la vereda contra la pared de la Facultad jugando con un perrito negro que tiene una mancha blanca alrededor del ojo. Al ver a Victoria, le dice: —Es divino, andaba perdido. ¿Lo querés, chiquilina? Yo te quería hacer un regalo y . . .

—¡Mordelos! —grita ella.

—¡Estás loca, vo! ¿Por qué le decís que muerda?

—Así se llama, boludo —dice Victoria y, levantando al cachorro, lo besa y le pregunta—: ¿Y el Pepino y el Pardo? ¿Dónde están tus amigos?

El perrito le lame la mejilla y mueve la cola.

—Yo también estoy contenta de verte. ¿Qué estás haciendo solito?

—Vamos a decirle Momo, se parece . . .

—Ya tiene nombre, tarado. Es Mordelos.

—¿Y Pirata? Por el parche en el ojo, digo.

—Ponele Pirata del asfalto, porque es un perro de la calle, ¿no? —propone Andrés que llega caminando por la vereda.

—Mucha noticia policial, vo —ríe Marko.

La motocicleta verde fosforescente aparece de golpe frente a ellos y clava los frenos haciendo chirriar los neumáticos. Maneja el hombre de la chaqueta y los anteojos negros. Sin dejar de mirar hacia adelante, grita: —¡Botija, vamos!

Marko sube al asiento de atrás, el conductor acelera, pasa el semáforo en rojo y se aleja a toda velocidad.

—Este boludo . . . cada vez más metido con esos mafiosos —dice Andrés.

—A veces me da cagazo —confiesa Victoria y queda mirando la boca abierta del balde, los secadores con el agua hasta el cuello y los trapos ahogados en el fondo.

—Y sí, muñeca. Vos no tenés que andar con tipos como ese —dice Andrés, y le sonríe con picardía.

Ladridos furiosos y un aullido desgarrador vienen desde la mitad de la cuadra. Cuatro perros grandes, salpicados por manchones de piel con llagas y sin pelo, tienen atrapado a Mordelos. Victoria sale disparada hacia él. Al acercarse, levanta un pedazo de baldosa rota, se los tira y grita ahuyentándolos. Cuando se agacha para recoger al cachorro, tropieza con la vereda dispareja y cae con mitad del cuerpo en la calle. Los coches intentan esquivarla, frenan y los neumáticos patinan. Un colectivo se desvía. Victoria tiene al perrito abrazado.

Una mano la agarra de atrás y la levanta poniéndola a salvo. —¿Estás bien? —pregunta Andrés—. Vení conmigo.

En el quiosco, Victoria examina al cachorro con cuidado mientras lo acaricia para calmarlo. Mordelos le lame la mejilla.

Una vez que comprueba que solo tiene cortes superficiales, lo abraza con suavidad para que no le duela y suspira aliviada. —Está todo bien. Está todo bien. Ya pasó.

Andrés saca de su bolso una botella de agua, vierte un poco en un vaso descartable que deja en el piso para Mordelos y, entregándole la botella a Victoria, le dice: —¡No te digo yo! Vos necesitás alguien que te cuide todo el tiempo, muñeca.

Victoria ríe y pregunta: —¿Te estás ofreciendo pa'l trabajo?

—Tal vez.

Cuando oscurece, Victoria deja sus herramientas de trabajo en el depósito y se va a la escuela Centenario en busca de

Pepino para llevarle el cachorro. No hay señales, ni del anciano ni de Pardo.

Mordelos merodea por los escalones, huele los rincones y se acuesta en el lugar donde su dueño dormía la noche que Victoria lo conoció.

—¡¿Mordelos?! —exclama el custodio que sale por la puerta de la escuela y, luego de cerrarla tras de sí, le pregunta a Victoria—: ¿A este lo atropellaron también?

—No, lo atacaron unos perros . . . ¡¿Por qué dice eso?!

—¡Ah!, ¿no sabías? Al pobre Pepino lo cogió un auto en la ruta.

Un puñal de fuego se clava en el pecho de Victoria. El hombre sigue contando: —Lo dijeron en la radio.

Cuando Victoria puede volver a respirar, pregunta: —¿Está en el hospital? Le quiero llevar al Mordelos.

—No querida, Pepino murió . . . Lo siento —dice el hombre.

—¡Ey, muñeca! ¿Qué pasa? ¿Por qué llorás? —pregunta Andrés de pie frente Victoria. Tiene una canasta con flores. Se sienta en el banco junto a ella y le pone su brazo alrededor de la espalda.

Victoria se inclina sobre su hombro y, ahogando el sollozo, le cuenta: —El dueño de Mordelos . . . se murió, lo atropelló un auto. —Acaricia al cachorrito acurrucado en su regazo.

—¡Pobre! ¿Quién era?

—Un viejito que vivía en la calle. Era buenísimo.

—¡Qué lástima! —Saca un jazmín de su cesta y se lo coloca a Victoria detrás de la oreja.

—¿Y esto?

—Pa' que te sientas mejor, muñeca.

¡Qué amoroso! A través de los ojos empañados, ella descubre que los de Andrés traen una noticia a punto de brotar.

—¿Me parece o tenés algo mejor que yo pa' contar?

—Bueno, sí. Por eso venía . . . —dice Andrés y se le ilumina el rostro—. ¡Voy a jugar en Patronato!

—¡Qué grande, che! ¿Cuándo empezás?

—No sé, no me dijeron todavía.

—Es genial. Me realegro, che —dice Victoria, y mirando las flores, pregunta—: ¿A dónde vas con eso?

—Las vendo en los bares, en la noche. Las consigo de un italiano que vive por el cementerio.

—Está rebueno eso, che.

—¿Querés ayudarme?

Victoria piensa unos segundos y acepta: —¡Dale!

—¡Buenísimo! Vamos a pedirle al Tano un canasto pa' vos.

Mientras caminan, Victoria le cuenta sobre Pepino y cómo la ayudó la noche que ella huyó de la casa de su tía.

—Parece que era buen tipo —comenta Andrés.

—Era como un mago, podía sacar de todo de adentro de su carrito.

Al doblar hacia calle Perú, Andrés señala una florería y dice: —Ahí es donde trabajó el Botija. El dueño es el que lo trajo de Uruguay.

Una señora está metiendo una gran bolsa negra en un contenedor de basura. Victoria la observa con rencor y dice: —Hijos de puta. Por culpa de esos Marko terminó con el Capitán.

Andrés la toma de la mano y aligera el paso hasta llegar a la cuadra frente al cementerio. Se detiene y toca el timbre de una casa blanqueada con cal, techo de chapa y dos ventanas con rejas a cada lado de una puerta roja. *Parece una cara.* Victoria sonríe a Andrés y esperan.

La "boca" se abre y sale un hombre calvo y panzón con una camiseta agujereada, pantalón de pijama y pantuflas.

—¡Eh, amico! ¿Cosa sucede?

—Nada, Tano. Todo bien.

—¿E questa bella ragazza?

—Es mi amiga, Victoria.

Mordelos ladra moviendo la cola cual limpiaparabrisas bajo el diluvio universal para llamarles la atención.

—Y este es Mordelos —dice Andrés.

—Non le dica cosí di fronte ai clienti, si van a spaventare . . . —dice el hombre y ríe con sonoras carcajadas.

—Che, Tano —lo interrumpe Andrés—. Ella quiere vender flores también.

—¡Eeeh! Sicuro —dice el hombre y, aún riendo, busca una canasta con flores y se la entrega a Victoria—. Cuanto piú, megliore. ¿Eh, bellezza?

Camino al centro, Andrés aconseja a Victoria: —Tenés que acercarte a las parejas. Los tipos siempre quieren quedar bien con las chicas. Deciles cosas como: "Cada princesa merece una flor." —Le gusta enseñarle sus trucos, le explica cómo él fue organizando todo para optimizar las ventas, cómo fue haciendo para conocer muy bien a los dueños y encargados de los bares; que, como la mayoría de estos locales quedan en el centro, no demora mucho cubrirlos todos y que, al terminar de vender en el último, vuelve a empezar con el primero pues los clientes se van renovando. Al principio Victoria lo observa trabajar y luego se va con Mordelos por su cuenta. Disfruta de vender flores. Le gusta el perfume que tienen, las sonrisas de las jovencitas cuando les entrega el ramillete y, sobre todo, le agrada estar cerca de Andrés. *Esto es mucho mejor que lavar vidrios.*

Beto está charlando con los únicos clientes que quedan en el interior del café. Victoria se acerca a una de las mesas de la vereda y toma restos de comida para compartirlos con Mordelos. —Mirá que sos chiquito vos, ¿eh? —le dice—. Sos más chiquito que los melli. Decime, che ¿cuándo voy a poder ver a mis hermanitos? ¿Vos sabés?

Victoria cruza a la Plaza Alvear y se sienta en un banco a esperar que se vayan los últimos clientes. Mordelos salta a su regazo y, hecho un ovillo, se duerme mientras ella lo acaricia. *Nunca me voy a olvidar de la noche que me escapé de la casa de la tía. El Pepino, y vos y el Pardo me ayudaron a no pasarla sola . . .* El cachorro mueve las patitas por los reflejos de un sueño y ella imagina los pajaritos que vuelan en su cabeza y que él corre dormido. Mira hacia el cielo y canta:

" . . . en esta soledad
no puede más el alma mía . . .
Ven, y apiádate de mi dolor,
que estoy cansada de llorar,
de sufrir y esperar . . ." [6]

Mordelos despierta y aúlla.

—Victoria canta el tango como ninguna . . . —canturrea Marko llegando por detrás.

—¿Qué sabés de tango vos? —dice Victoria secándose las lágrimas.

—Claro que sé, vo. Mi abuela decía que Gardel era uruguayo.

Mordelos salta y, ladrando, corre a un muchacho que pasa en bicicleta. Marko se sienta junto a Victoria y le sugiere: — Tenés que enseñarle a cantar al bicho este, desafina mucho cuando aúlla.

Ella sonríe: —Sí, es un perro cantando. —Se pone seria y le pregunta—: ¿Y vos, che?, ¿en qué andás?

—¿Viste el tango ese que dice: "Siempre se vuelve al primer amor"? —responde él, sobreactuando romanticismo.

—¿No será que estás "volviendo con la frente marchita", vos?

—Mirá, chiquilina, yo vine a verte, pero si no querés me voy, ¿tá?

—Hacé lo que quieras, boludo. Si igual no te importa un carajo lo que te digo —le dice y le da la espalda.

Pasan unos minutos en silencio, pasa Mordelos persiguiendo a un gato, pasa una pareja de la mano, pasa un borracho abrazado a la botella, pasa Cacho y, entre bostezos, le avisa a Victoria que Beto está por cerrar. Ella se incorpora y Marko la toma del brazo. —No te enojés, ¿tá?

Victoria nota que el muchacho está conteniendo el llanto. Lo mira a la cara y, frunciendo el ceño, le dice: —Tenés los ojos rojos . . . ¡Dejá de darte con esas cosas, no seas boludo!

Marko se levanta para irse, pero Victoria le grita: —¡Botija! ¡¿Tenés sangre en la camiseta?!

—La cana. Me dieron pa' que tenga y pa' que guarde. Pero estoy bien, vo.

—¿Qué pasó?

—Vinieron buscando la merca del Capitán . . . Yo era el único que estaba en el galpón . . .

Beto, parado delante de la puerta trasera del café, grita: —¡Victoria! ¡Vení que cierro!

Ella le pide a Marko que la acompañe y la espere en la puerta del depósito. Cuando vuelve, le entrega el balde con los escurridores y los trapos.

Él la mira confundido. —¿Y pa' qué me lo das?

—Tengo otro trabajo.

—Pero . . . te necesito en la esquina.

—No puedo . . . Perdoname —dice Victoria e intenta despedirse dándole un beso en la mejilla, pero él la rechaza enojado.

—¿Qué te pasa, vo? ¿De qué trabajo hablás, chiquilina?

—Voy a . . . vender flores, con Andrés.

—¡Ah! Ese . . .

Con la voz entrecortada por la angustia y la rabia, Victoria dice: —Vos siempre te borrás, boludo. Y esas cosas en las que te mete el Capitán, son una mierda. ¿Te digo la verdad, Botija? Me da cagazo quedar en el medio. —Saca la escoba del depósito y comienza a barrer la vereda.

Marko le agarra la escoba. —Dame lo que juntaste hoy.

Ella saca un puñado de monedas del bolsillo y se las muestra. Él toma todo y comienza a caminar con pasos toscos.

Victoria corre tras él. —¡Eh, Botija! ¡Dejame lo mío!
—Tenés lo de las flores, ¿no? Y . . . a Andrés —murmura
y se va enojado.

Cuando termina de limpiar, Victoria busca en el depósito
un trapo seco para poner junto a su colchoneta y ubicar allí
a Mordelos. El perrito rasca la tela con la patita delantera
y, luego de dar varias vueltas en círculo, se acuesta hecho
un ovillo y bosteza. Victoria ríe, disfrutándolo. Apaga la
luz y se tiende a su lado. *Perdoname, Botija, pero hice una promesa*
y la tengo que cumplir.

Capítulo 9

DESPUÉS DE UNA NOCHE TORMENTOSA, LA MAÑANA Y
Victoria se despabilan tranquilas.

Mordelos le lame las mejillas.

—Vos podés hacer guita trabajando de despertador —dice
ella rascándole el lomo. El cachorro se mete bajo la manta
y juegan a las escondidas.

—¡¿Y ese perro?! —se sorprende Bigote al entrar al depósito.

—Es Mordelos.

—¿Qué hace acá?

—El dueño se murió y yo lo estoy cuidando.

—Es muy lindo, pero no puede haber un animal donde
se vende comida. No quiero lío con los clientes ni con los
inspectores municipales. Vas a tener que buscar otro lugar
para el perrito.

—Pero . . . ¿adónde?

—No sé, pensá —dice Bigote y comienza a contar los cajones
de botellas de cerveza que quedan, lo anota en una libreta
que saca del bolsillo de su camisa.

—Está bien, hoy busco —promete ella.

Antes de salir del depósito, Bigote le dice: —¿Sabés? Estaba
pensando que eso de lavar vidrios ahí en la esquina . . .

—¡Ah, pará! —lo interrumpe Victoria—. No voy a lavar más con el Botija, ahora voy a vender flores con Andrés, el chico que atiende el puesto de diarios de ahí enfrente. Él vende flores en los bares en la noche y me invitó pa' que trabaje con él. Está rebueno porque puedo ir con él y después vengo a limpiar acá . . .

—Me parece genial, che, pero dejame terminar. Te quería decir que sería bueno que vayas a la escuela.

—Ajá, ahora que no voy a estar todo el día ahí en la esquina, puedo ir a la escuela en la mañana o en la tarde. Tengo que preguntar . . .

Bigote la interrumpe: —¡Escuchá! Anoche le conté de vos a una amiga . . .

Victoria sonríe con picardía y pregunta: —¿Amiga? Dale, decime la verdad. ¿Es tu novia?

—Uy, nena, sos terrible. Pará que no tengo todo el día. Ella es maestra y me dijo que vayas al Consejo de Educación, ahí te van a ayudar. Dice que es el edificio azul de Córdoba y Laprida, frente a la Casa de Gobierno.

—¡Gracias, Bigote! ¡Sos el mejor! —le dice Victoria y lo abraza.

—Lo sé, lo sé. Ahora andá y llevate el Rottweiler ese antes que lleguen los clientes.

Escondida detrás de un árbol frente a la casa de su tía, Victoria espera. Luego de más de una hora, se abre la puerta y Juan sale con su bicicleta. Entonces, Victoria levanta a Mordelos y entra de puntillas.

—¡Marta! ¿Sos vos? —pregunta doña Norma.

—No, soy yo, abuela —dice Victoria, sorprendida por lo fuerte que suena la voz de la anciana. El resto de la casa está en silencio. *¿Dónde estarán los melli?* Entra al dormitorio donde solía dormir con ellos y su prima. No hay nadie. Un nuevo cartel pegado en la pared le llama la atención, tiene la foto de Betina y dice que va a cantar en el Atlético Neuquén Club. *¡Gua, la Beti! Y en el Neuquen* . . . Deja a Mordelos sobre su cama y sale a recorrer la casa. Al pasar por la habitación de doña Norma, la saluda desde la puerta y le pregunta por sus hermanitos.

—No sé, m'hija. A mí nunca me dicen nada . . . —responde la mujer desde la cama.

Victoria asiente, busca una bolsa de nailon en la cocina y vuelve al cuarto de Betina. Mete en la bolsa su ropa interior, pantalones, sandalias y un abrigo. Cuando está despegando de la pared la foto donde está con su mamá, escucha que alguien abre la puerta del frente. Contiene la respiración.

—¿Qué diablos hacés acá?! ¡¿No tenés vergüenza, pendeja desagradecida?! —le grita Marta entrando al dormitorio. Tiene la cara enrojecida y las venas del cuello a punto de estallar.

—Me **tuve** que ir, tía. Yo te dije que Juan siempre me jodía y vos no hiciste nada —dice Victoria y se sienta en la cama junto a Mordelos—. Vine pa' ver a los melli nomás y después me voy.

—Fueron con la Beti a entregar ropa.

—Los voy a esperar.

—¡Ni se te ocurra! —grita la tía y, señalando la puerta, agrega—: Andate **ya**, no te quiero ni ver por acá.

—Está bien —dice Victoria y se pone de pie—, me voy, pero, ni bien pueda, me llevo a los melli conmigo. —Levanta en brazos a Mordelos y sale al pasillo.

Marta fuerza una risotada: —¡Ja, ja! Sí, claro. Me gustaría verlo.

Mordelos le ladra nervioso.

—¿Qué es eso? —pregunta doña Norma.

—Es mi perrito, abuela —dice Victoria y se lo lleva para mostrárselo y despedirse de la mujer.

—¡Oh! ¡Qué lindo que es, m'hija! —dice la anciana y le acaricia la cabeza. Mordelos le lame la mano—. ¿Sabés que yo tenía una perrita muy parecida? Carli se llamaba. ¿Y este, cómo se llama?

—Mordelos, este es el Mordelos —dice Victoria.

Doña Norma ríe y tose.

—Ahora descanse, doña Norma. Le hace mal hablar mucho —interrumpe Marta, que había estado espiando desde la puerta, y, mirando con frialdad a la sobrina, le dice—: Y vos, ¿no te ibas?

Victoria se despide de doña Norma y se va, llevando la bolsa con la ropa y a Mordelos.

La puerta del Consejo de Educación es pesada para Victoria, que todavía tiembla por el mal momento que pasó con su tía. Al fondo del corredor hay una ventanilla y, del otro lado, un hombre mayor leyendo una revista. Ella le dice:

—Señor, quiero ir a la escuela y . . .

—Segundo piso —la interrumpe el hombre sin levantar los ojos de su lectura—. El ascensor está descompuesto.

Victoria le silba a Mordelos para que la siga por la escalera. En el segundo piso hay una gran oficina con la puerta abierta. Adentro hay una mujer parada detrás de un escritorio alto y largo, como si fuera el mostrador de una tienda. Cuando ve entrar a Victoria, deja de escribir y la mira por encima de sus anteojos.

—¿Acá me pueden ayudar pa' volver a la escuela? —pregunta Victoria.

—Sí, es acá. ¿Cuántos años tenés?

—Catorce.

—¿A qué grado ibas cuando dejaste?

—Hice como un mes de séptimo.

—¿Y por qué dejaste?

Victoria respira hondo. —Mi papá . . . bueno . . . mi mamá se murió y mi tía no me dejaba ir. Quería que trabajara pa' ella, ¿vio?

—Mmmm . . . Vas a tener que dar un examen para que sepan en qué grado te tienen que poner. El próximo es . . . — busca en una de las carpetas que tiene sobre el escritorio— . . . el miércoles que viene. Es en la Escuela Moreno, la que está en Moreno y Corrientes . . .

—¿Esa cerca del Patito Sirirí?

—Sí. Tenés que estar ahí a las cinco de la tarde. Y que vaya un adulto a firmar los papeles por vos.

—¿Puede ir dueño del Café Los Andes? Yo duermo ahí y él me quiere ayudar, es buenísimo . . .

—¿Vivís en el café?

—Les limpio en la noche y . . .

—¿No dijiste que estabas con una tía?

—¡Por favor, señora, no me haga volver ahí!

—Entiendo . . . —la tranquiliza la mujer. Se rasca la cabeza, toma el teléfono y marca un número. —¡Hola! ¿Margarita? Soy Claudia, del Consejo de Educación . . . Sí, acá hay una jovencita que quiere volver a escuela y necesita un lugar para vivir . . . Catorce . . . ¿Tiene algo para ella?

Victoria contiene la respiración.

—¡Ajá! ¡Buenísimo! ¡Gracias, Margarita! Que ande bien. —La mujer cuelga el teléfono, garabatea algo en un pedazo de papel y se lo da a Victoria—. Esta señora, Margarita, parece que tiene un lugar para que te quedes. Andá mañana en la mañana, temprano. Ella te puede dar útiles para la escuela y otras cosas que te van a venir bien.

—¡Muchas gracias, señora! —dice Victoria y, emocionada, mira el papel. *Capaz que sí, que todo va a estar bien.* Sale con paso ligero y baja feliz los anchos escalones de mármol gastado. Mordelos la sigue meneando la cola.

Esa tarde, Victoria regresa a la casa de su tía. Al doblar la esquina, descubre a sus hermanitos jugando en la vereda.

—¡Martin! ¡Damián!

—¡Victoria! ¡Victoria! —Los niños corren y saltan sobre ella, con tanta fuerza que casi caen los tres.

Damián, sin dejar de abrazarla, dice: —La tía Marta dijo que te escapaste y que no vas a volver.

—Dice que no nos querés . . . ¿Vos no nos querés más? —pregunta Martín.

—Más vale que los quiero, tontito.

—Entonces ¿por qué no volvés? —pregunta Damián.

—Miren —dice Victoria y, sentándose en la vereda con las piernas cruzadas, esconde una bolsa detrás de ella—, yo tengo un plan. Ahora estoy trabajando mucho, así junto plata y podemos tener una casa para vivir los tres juntos.

Los mellizos la miran procesando la información. Victoria agarra la bolsa y la pone en su falda.

—¿Qué es eso? —pregunta Martín.

—¡Se está moviendo! —grita Damián.

—Es un regalo pa' ustedes. ¿Quieren ver?

—¡Sí! —gritan los dos saltando entusiasmados.

—¡Shhh! —pide Victoria—. No griten que está dormido.

Los niños abren grandes los ojos y se miran entre ellos. Victoria abre la bolsa y Mordelos sale moviendo la cola, se detiene y estira las cuatro patas, desperezándose.

Martín y Damián ríen y aplauden.

Victoria les dice: —Se llama Mordelos. ¿Les gusta?

—¿Es pa' nosotros? —pregunta Damián.

—Sí, pero lo tienen que cuidar. Hay que darle de comer, limpiar lo que ensucie, sacarlo a pasear.

—¡Sí, sí!

—Betina los puede ayudar.

Martín se pone serio y piensa en voz alta: —Pero Juan siempre se enoja. ¿Y si no lo quiere?

—A doña Norma le gustan mucho los perritos y es SU casa —lo tranquiliza la hermana y, abrazando a los dos, promete—: Va a estar todo bien.

Mordelos ladra atrapando la atención de los mellizos. Victoria levanta una ramita del suelo y les indica cómo tirársela para jugar con él.

Martín y Damián se disputan la ramita que trajo de vuelta el cachorro. Victoria ríe y les dice: —Una vez cada uno, che. Si se pelean, me lo llevo.

Mordelos, sentado ante ellos con la lengua afuera, mueve la cola esperando que siga el juego.

—Está bien —dice Martín—, que lo tire él primero.

Feliz, Damián lanza la ramita y Mordelos corre a alcanzarla.

Victoria los abraza. —Los quiero mucho —les dice y se va conteniendo el llanto.

Marko está sentado en el camellón junto al balde con una botella de cerveza en la mano. Al verla venir, se levanta y corre hacia Victoria. —¿Un trago, chiquilina?

Ella la rechaza y le dice: —Estás hecho un asco, Botija, todo zaparrastroso . . . ¿Por qué no volvés a tu casa, che? Aprovechá que tenés a tu vieja, no seas boludo.

—Yo voy si te venís conmigo, vo. ¿O estás con Andrés?

—No estoy con nadie.

—¿No te gusto más? Mirá, si vos querés, dejo de trabajar con el Capitán y . . .

—¡Basta, Botija! No me jodás.

—No jodo, chiquilina. Es en serio, vo.

Victoria abre la puerta trasera del café y Marko la agarra del brazo. —¡Esperá, che!

—¿Todo bien? —pregunta Bigote y sale del depósito clavándole la mirada al muchachito.

—Sí, todo bien. Ya me voy —dice Marko y vuelve a la esquina arrastrando los pies.

Andrés la pasa a buscar trayendo ya dos canastas con flores.

—¿Lista? Me dijo el Tano que abrieron un bar nuevo, allá por Illia y Villaguay. Vamos a empezar por ese y después vamos pa'l centro. ¿Dale?

—Dale.

Como el camino es más largo de lo habitual, Victoria aprovecha para contarle al amigo los buenos y no tan buenos sucesos que transitaron por su largo día. En calle Salta, señala una casa antigua con la puerta alta y dice: —Mi mamá limpiaba acá y yo a veces venía a ayudarla. Es la pensión de doña Frida.

—¿Ella sabe que vivís en el café?

—No. Pero igual no importa, no puedo pagarle una habitación.

Cuando Victoria termina de vender todas sus flores, espera a Andrés en la vereda del bar Flamingo.

—¡Eh, chiquilina! —le grita Marko desde la vereda de Plaza Mayo.

—¡Otra vez sopa! ¿Qué hacés acá, vos?

Sin responder, se le acerca y le da un beso fugaz en la boca. Ella lo empuja. —¡Salí, tarado!

—¡¿Qué hacés, pelotudo?! —grita Andrés saliendo del bar—. ¡Dejala en paz!

—Tranquilo, vo. Ya me iba. ¡Ah! Me dijo el Gringo que entraste a Patronato. ¡Qué grande, campeón! —dice Marko y lo palmea.

Andrés se hace a un lado. —Vamos, muñeca.

Marko lo intercepta. —¡Pará, Maradona! ¿Me firmás un autógrafo? Así lo hago plata cuando seas famoso.

—Sí, seguro —dice Andrés y, esquivándolo, toma del brazo a Victoria y se van.

Al cabo de algunas cuadras, Andrés se detiene y le pide: —Che, ¿y . . . si te venís a dormir a casa?

El corazón de Victoria se acelera y trata de que su voz lo oculte. —No puedo, boludo; tengo que limpiar el café.

—¿Y si te ayudo? Va a ser divertido . . . y después podemos ir a casa.

Ella titubea y él le quita el cabello de la cara, se lo acomoda detrás de la oreja y se queda mirándola hasta que Victoria dice: —Es que . . . me da miedo.

—¡¿De mí?!

—No, tarado. Es que . . . siempre pasa algo.

—Pero no siempre son cosas malas, che. Igual, no es nada. Andá nomás y mañana nos vemos. ¡Chau, muñeca! —la besa en la mejilla y se aleja despacio.

Capítulo 10

LA CASA DE MARGARITA ES ANTIGUA, DE CEMENTO sin pintar, similar a la de doña Frida. A los costados de la doble puerta tiene ventanas altas con rejas y persianas torcidas. Victoria golpea el llamador con forma de mano y espera ansiosa. *Ojalá tenga un lugar pa' mí.*

La puerta se abre y aparece una mujer baja y rolliza, de cabello negro, largo y lacio. Le sonríe preguntando: —¿Sí? ¿En qué te puedo ayudar?

—. . . Busco a Margarita

—Soy yo . . . ¡Ah! Vos debés ser . . . Victoria, ¿no?

Ella asiente, nerviosa.

—Me avisó Claudia, del Consejo, que ibas a venir. Pasá, m'hija, pasá.

Victoria entra y la sigue por un pasillo largo, de baldosas grandes y disparejas. *Está fresco acá.*

—Vení, vas a desayunar algo —dice la mujer y la guía hasta la cocina. Allí le ofrece que se siente a la mesa.

Ella lo hace y observa encantada los aparadores pintados de amarillo suave, la limpieza y la prolijidad con que está todo organizado. Música de tango llega desde la radio que está en la pequeña sala junto a la cocina. —Es muy linda su casa, doña.

—Gracias, m'hija. Hago lo que puedo —dice Margarita y le entrega un frasco—. ¿Te gusta el dulce de naranja? Lo hice yo. Servite con tostadas. —Le alcanza una lata con tostadas, un platito y una cuchara—. Te voy a hacer un mate cocido. Mientras, contame de vos, m'hija.

—Eh . . . a la noche vendo flores en los bares, después limpio el Café Los Andes y . . . —cuenta Victoria, entre bocado y bocado—, me dejan dormir en el depósito . . . Son rebuenos los muchachos . . . me dan comida . . .

—Bueno, pero ahora vas a poder quedarte acá —dice la mujer trayéndole una taza con mate cocido humeante—. Tengo un lugar porque la semana pasada una de las chicas se fue a trabajar de niñera con cama adentro.

Con el rostro iluminado, Victoria le dice: —¡Gracias, doña! Usted es muy buena. Yo puedo ayudarla. Puedo limpiar, cocinar, coser ropa . . .

—Por eso no te preocupes, siempre hay algo pa' hacer acá. Ahí vengo —avisa Margarita y sale por una puertita de lámina que da al patio.

Feliz, Victoria mira a su alrededor. *¡Qué bueno vivir acá!*

Margarita regresa trayendo una montaña de sábanas y una gran bolsa. Deja las sábanas sobre una silla, junto a la tabla de planchar que hay en la sala contigua a la cocina y, colocando la bolsa sobre la mesa donde está Victoria, le dice: —Acá tengo algunas cosas que te van a servir pa' la escuela.

Victoria espía dentro de la bolsa —¡Guau! ¡Gracias, doña!

—De nada, m'hija, que lo aproveches —dice Margarita y,

siempre sonriendo, le cuenta: —Claudia me llamó después que fuiste, pa' ver si yo puedo ir a firmar el miércoles a la Moreno. Le dije que sí, ¿está bien?

—¿En serio? ¿Usted puede, doña? No la quiero joder tanto . . .

—No es nada, m'hija. Ahora voy a terminar de barrer el patio que, en eso estaba cuando vos viniste . . .

—¿Quiere que yo le barra?

—No, m'hija, gracias. Es un chiquero porque mi sobrino me está haciendo un bañito. Vos tomate otro mate cocido si querés, ahí quedó en la ollita. Ya vuelvo —dice la mujer y sale otra vez por la puerta de lámina.

Victoria se sirve otra taza de mate cocido y se sienta a disfrutarlo. Desde la radio, el locutor dice: — . . . tenemos el llamado de otro oyente . . . Omar Cos que le dedica el tango 'Uno' a su ex novia, María Victoria.

Victoria traga mal y se ahoga. Mientras tose, comienzan las primeras notas del tango que ella conoce muy bien y la letra que dice:

"Uno busca lleno de esperanzas
el camino que los sueños
prometieron a sus ansias . . .
Sabe que la lucha es cruel
y es mucha, pero lucha y se desangra
por la fe que lo empecina . . ."[7]

—Es increíble la cantidad de gente que nos llama pa' rendirle homenaje a Don Enrique Santos Discépolo en este programa especial sobre su vida y su música. Y ahora tenemos una llamada de . . . A ver, no entiendo la letra de la nueva secretaria. Che, Roxana, vení decime qué carajo escribiste acá . . . ¡No se entiende nada!

—Pará, Gordo. Estamos en el aire —se oye una voz de mujer, más distante que la del locutor.

Victoria ríe, levanta de la mesa, y comienza a lavar la taza, el plato y los cubiertos que usó, más lo poco que hay en el fregadero.

El locutor está anunciando: — . . . "Malevaje", de Discépolo y Filiberto, a pedido de Marco Antonio, un fiel oyente de Victoria, nuestra ciudad vecina. Adelante, Rulo, largá nomás:

"Decí, por Dios, ¿qué me has dao,
que estoy tan cambiao,
no sé más quién soy?

...

Te vi pasar tangueando altanera

...

Me vi a la sombra o finao;
pensé en no verte y temblé . . ." [8]

Victoria pasa un trapo a la mesa. *Pobre Botija . . . ¿Cómo va a hacer pa' zafarse de esos hijos de puta?*

—Vení, m'hija —la sobresalta la voz de Margarita que asoma por la puertita de lámina—, te voy a mostrar dónde vas a dormir.

Victoria la sigue a través de un patio mediano con piso de cemento. Hay una construcción a medio hacer, bolsas de cal, materiales y herramientas.

—Tené cuidado de no tropezarte —dice Margarita.

Del otro lado del patio hay dos puertas blancas con una ventana pequeña al lado de cada una. La mujer señala la de la izquierda diciendo: —Este es el cuarto de los muchachos. —Y, abriendo la otra, dice—: Este es la de las chicas.

La habitación tiene cuatro literas y una cajonera de madera oscura con un espejo ovalado en la parte superior. Las paredes están llenas de fotos con actores de televisión.

—Algunas están en la escuela y otras trabajando —dice Margarita. Señala una de las camas de abajo, la única que tiene solo el colchón, una almohada sin funda y una cobija doblada a los pies, e indica—: Acá vas a dormir vos. Cada una tiene un cajón pa' poner sus cosas, ocupá el que esté vacío. Yo después te dejo sábanas y una toalla, vos venite cuando quieras nomás.

—¡Gracias por todo, doña! —dice Victoria con un nudo en la garganta, y la abraza fuerte.

Caminando por la cuadra del café, Victoria descubre a Chichón sentada en el umbral de la puerta trasera. Primero se alegra pues le quiere contar sus avances para volver a la escuela y sobre la casa de Margarita, pero, al acercarse, la ve sucia y muy golpeada. —¡¿Qué te pasó?! —le pregunta, y se acuclilla frente a ella.

—Mi tío . . . Me cagó a palos . . .

Victoria normaliza su respiración. —No vayas a volver ahí, ni en pedo, ¿me escuchaste?

Con ojos tristes, Chichón asiente.

—Tengo una idea. Vení —le pide Victoria, y tomándola del brazo con cuidado, entra con ella al depósito—. Le voy a pedir a Bigote que te deje limpiar y quedarte acá hasta que esa señora te lleve a Rosario.

Chichón suspira y comenta desalentada: —Si me lleva . . .

—Pará, che, no aflojés —la anima Victoria y extiende su colchoneta para que Chichón se siente—. Mirá, los muchachos acá son rebuenos. Vos siempre quedate cerca, y si aparece el hijo de puta de tu tío, les avisás y ellos te van a ayudar.

Después de hablar con Bigote y ubicar a Chichón, Victoria cruza al puesto de diarios, desesperada por contarle a Andrés sobre la casa de Margarita.

El muchachito se alegra. —¡Qué bueno! Tenemos que celebrar, muñeca. ¿Querés hacer algo esta noche? —Sonríe esperando una respuesta afirmativa.

—¡Sí! —grita ella y, aún más entusiasmada, propone—: Podemos ir al Neuquen, que mi prima Betina canta ahí.

—Dale, me encanta la idea. Y podemos llevar flores pa' vender ahí también.

—¡Esa! —acuerda Victoria, y ambos chocan las palmas en el aire.

Dos carteles gigantes, similares al que Victoria vio en la habitación de Betina, cubren los pilares de entrada del Atlético Neuquén Club. Andrés y Victoria los contemplan boquiabiertos, luego se miran y ríen.

Aprovechan que falta poco más de una hora para que comience el espectáculo y ofrecen flores a los que están en la fila para comprar la entrada, a los pequeños grupos que charlan en la vereda, a quienes rodean los puestos de bebidas y choripanes.

Andrés es el primero en vaciar su canasta, y mostrándole un billete a Victoria, le dice: —Yo invito, muñeca.— Mientras ella sigue vendiendo, él se coloca en la fila detrás de una mesa improvisada junto al portón de ingreso al club.

Victoria lo alcanza y le dice al muchacho que cobra: —Yo soy prima de Betina, ¿puedo verla antes de que empiece?

—Probá. Agarrá el pasillo que hay a la izquierda del corredor, al fondo hay una puerta marrón; ahí debe estar . . . —responde el joven, y le hace señas a la pareja que sigue para que avance.

Andrés y Victoria entran, y al llegar frente a la puerta marrón, golpean debajo del papel que dice:

SALA DE REUNIONES

La puerta se abre apenas y aparece un hombre mayor con bigote fino, la camisa desprendida y un vaso de güisqui en la mano. Frunciendo el entrecejo los observa unos segundos hasta que los interroga haciendo un corto y seco movimiento de cabeza.

—Busco a Betina. Soy la prima.

El hombre hace un gesto de fastidio y desparece adentro. Ellos se miran nerviosos y esperan en suspenso hasta que la puerta se abre del todo. Esta vez sale Betina. Tiene el pelo negro con reflejos cobrizos, lleva puesta una blusa roja brillante, minifalda muy ajustada y botas plateadas.

—¡Victoria! —exclama al verla y la abraza con fuerza—. ¿Dónde te habías metido? Me tuviste preocupada. Recién ayer apareciste, boluda. Me dijeron los melli que fuiste por casa. Andan enloquecidos con el perrito. Pero, che, contame, ¿vos estás bien?

—Estoy bien. Tengo un lugar pa' dormir —dice Victoria y, levantando la canasta, agrega: —Estoy vendiendo flores con Andrés. —Lo toma del brazo y lo obliga a adelantarse.

Él sonríe tímido, saca un ramo de la canasta de Victoria y se lo da a Betina.

—¡Gracias! —dice ella dándole un beso, y le guiña el ojo a la prima, aprobándolo.

Victoria se ruboriza, y cambiando de tema, le cuenta:

—¿Sabés? El miércoles voy a dar un examen pa' volver a la escuela.

—¡Guau! ¡Qué bueno, loquita! Vos tenés que seguir estudiando, si sos regenia.

—No exagerés, tarada. Che, contame de los melli, ayer los vi un ratito nomás.

—Están rebien . . .

—¡Betina! ¡Es tarde! —le grita el hombre desde adentro.

Ella se encoge de hombros disculpándose, y les dice:

—¡Qué bueno que vinieron! Ahora me tengo que ir. Los veo en el bar del club cuando termine.

—¡Dale, che! Te vamos a aplaudir —dicen ellos.

—Más vale —ríe Betina cerrando la puerta.

Un sonido agudo y metálico los obliga a taparse los oídos. Un hombre joven prueba el micrófono: —Uno, dos, uno, dos . . . —Es muy alto y delgado, lleva pantalón negro, camisa blanca y moño rojo. Con una voz impostada que retumba por todo el gimnasio, llena de elogios y agradecimientos a los organizadores, al público en general y a la cantante en particular; tanto habla, que la audiencia abuchea para que termine con el palabrerío y dé comienzo al espectáculo. Entonces, haciendo un gesto tan exagerado con el brazo derecho que pareciera que se le va a despegar del cuerpo, señala hacia el costado del escenario y anuncia el esperado ingreso de . . . ¡¡BEEEEEETIIIIIIIIIIIIIIIIIIIINAAAAAAAAAAAAA!!

El público se pone de pie para recibirla con aplausos, vítores y silbidos.

Betina canta diez cumbias sin descanso. Todos bailan, palmean y cantan con ella. Le piden más y más, repiten su nombre y quieren tocarla. Dos muchachos corpulentos, uno de cada lado, sacan por la fuerza a quienes logran subir.

La artista saluda inclinándose hasta acariciar el piso del escenario con la punta del pelo. Uno de los grandotes la acompaña hasta desaparecer por detrás del decorado, pero los gritos que la nombran no se esfuman con ella. Los parlantes siguen sonando con su voz grabada y sus admiradores la bailan.

—Es un fenómeno —dice Andrés.

—Sí, ¿viste? —le dice Victoria, feliz por su prima, feliz

por estar disfrutando ese momento con él.

En el bar del club no son los únicos que esperan a la estrella de la noche. Ya no quedan sillas vacías, así que ellos se quedan de pie, recostados contra una columna. Al llegar Betina, sus admiradores corren a rodearla. La felicitan, le piden autógrafos y sacarse fotos con ella.

Cuando Betina logra liberarse, exhausta, se sienta en una de las mesas que sus simpatizantes dejaron vacías para ir a saludarla y hace señas a Victoria y Andrés para que se le unan.

El mozo del bar le trae una botella de cerveza y un vaso. Betina le pide que traiga dos más, y les pregunta a ellos:

—¿Qué les pareció, che?

—¡Buenísimo! —dice Andrés, y se ofrece para servir la cerveza en los vasos.

—¿Cómo va a estar? Si vos sos regenia —le dice Victoria, y los tres ríen.

El hombre del bigote fino que les abrió la puerta de la sala de reuniones se acerca a Betina, le da un beso y le dice:

—Estuviste MA–RA–VI–LLO–SA, bombón.

Betina sonríe y le dice. —¡Gracias a vos, papito! —Pero el hombre se aleja apresurado para hablar con uno de los que están en la barra y no la escucha. Ella, seria, termina el vaso de cerveza y, colocándolo vacío sobre la mesa, dice a Victoria—: Che, loquita, te quiero dar algo que tengo en casa. ¿Cuándo te puedo ver?

—¿Querés que vayamos mañana a la costera? Podés traer a los melli y paseamos por ahí.

—Mañana tengo un ratito nomás. Voy a estar por el centro cerca del mediodía. Puedo pasar como a la una por donde vos me digás. Y otro día paseamos con los melli y todo. ¿Dale?

—Dale. ¿Te viene bien como a la una en la Plaza Alvear? El hombre le chifla a Betina y le señala con la cabeza la salida. Ella se levanta. —Te veo mañana, primita. ¡Chau, chicos! —Les sopla un beso y se va.

Serio, Andrés comenta: —Ahora me doy cuenta . . . Ese tipo que está con Betina es el presidente del club. Me parecía cara conocida.

—Ajá . . . —dice Victoria y, moviendo el pie al compás de la cumbia que suena por los parlantes del bar, la mira salir por el enorme portón de lámina.

Andrés la levanta del brazo y baila con ella. Victoria se sorprende: —¡Bailás bien, che!

—¡Vos tenés que verme en la cancha bailando a los del otro equipo!

Tomados de la mano, moviéndose al ritmo de la cumbia, salen del club.

Al pasar por el puesto de choripanes, el muchacho que atiende les canta:

". . . *Comprale un choripán, comprale un choripán, la flaca tiene hambre, comprale un choripán . . .*" 9

Ellos ríen y cruzan miradas aprobando la idea. Andrés le pide: —Che, "Pocho La Pantera", dame dos . . . esos de ahí atrás.

Radiantes, caminan comiendo y comentando el espectáculo.

Andrés desliza el brazo alrededor de la cintura de Victoria y le pregunta: —Che, muñeca, ¿y si . . . vamos a mi casa? Ella descubre la sonrisa que él esconde y se deja besar.

Un muro bajo enmarca el jardín que rodea la casa de Andrés. Él abre la puerta lateral y, haciendo pasar a Victoria, prende la luz. Un solo foco que cuelga del techo ilumina la pequeña cocina pintada de verde. Hay una mesa de madera contra la pared y un mueble desvencijado con estantes, cajones y dos puertitas.

—Esta es mi otra Victoria Alada —dice Andrés señalando el estante superior donde hay un trofeo dorado con forma de mujer, igual al que le mostró Betina.

Victoria sonríe nerviosa y le dice: —Me gusta tu casa.

—Sí, pero quiero volver a pintar. Estoy cansado de este color . . . verde oferta —dice él y los dos ríen, distendiéndose.

—¿Qué querés tomar, muñeca? —pregunta Andrés y abre una heladera ubicada en la sala adyacente a la cocina.

—Lo que haya —dice Victoria, y esperándolo se apoya contra el marco que divide ambas habitaciones.

Él se agacha para registrar mejor y dice: —A ver . . . qué carajo tiene el viejo . . . una jarra con jugo de —Andrés lo huele y frunce la cara— . . . remedio y . . . ¡una cerveza! —Saca la botella y le hace señas a Victoria que lo siga hacia el interior de la sala. Allí hay un sofá marrón con almohadones, mantas y sábanas revueltas, una mesa de centro llena de diarios esparcidos y un televisor viejo sobre una mesita alta con ruedas. Las paredes están tapizadas por un ejército de jugadores de fútbol del tamaño de la página central de revistas deportivas.

Un ronquido profundo retumba detrás de una puerta cerrada que hay del otro lado de la sala. Andrés ríe avergonzado: —Es mi viejo. No te asustes, no tengo un tigre enjaulado. —Se sienta en el sofá y acaricia el lugar junto a él para que Victoria se acomode a su lado.

Ella lo hace y pregunta: —¿Y tu mamá? ¿Está durmiendo también?

Andrés bebe un trago del pico y, pasándole la cerveza, le dice: —Capaz que sí . . . pero quién sabe adónde . . . Se fue pa' Buenos Aires hace como cinco años . . .

Sorprendida, Victoria traga con dificultad y baja la botella para interrogarlo con la mirada. Él cuenta: —Fue a buscar laburo y después íbamos a ir nosotros.

—¿Y?, ¿qué pasó?

—Primero dijo que no encontraba nada, que no fuéramos . . . Después se borró . . . hasta que una vez llamó, dijo que quería quedarse allá . . . sola —dice él y, con voz apenas audible, agrega—: Creo que estaba con otro.

—¡Qué cagada! No entiendo qué mierda les pasa a los grandes.

Andrés pone su brazo alrededor de ella. —Está todo bien, mi viejo es duro y nos bancamos entre los dos. —Levanta la botella y dice—: Basta de pálidas, vamos a festejar, que mañana es mi cumple.

—¡¿Mañana es tu cumple?! ¡No me habías dicho nada, guacho!

—Vos no me preguntaste . . . —Él ríe, toma y le pasa la botella.

Victoria bebe un trago y le pregunta: —¿Cómo vas a festejar?

—Quiero ir a pescar.

—¡Me encanta! Con mi papá íbamos a pescar . . . pero hace años, cuando yo era rechiquita y él estaba bien . . .

La botella y sus historias van y vienen. Cuando la cerveza se termina, Andrés se le acerca y, colocándole el cabello detrás de las orejas para despejarle el rostro, le dice: —Sos hermosa. —Se inclina y la besa.

Ella se incorpora. —¡Es retarde . . . !

Él sacude la cabeza y sonríe. —Ya sé. Vos dormí en el sofá, yo me tiro en el piso —dice y se acuesta sobre una de las mantas en el suelo, junto al sofá. Le ofrece su mano para que ella la sostenga—. Buenas noches, muñeca.

Capítulo 11

CUANDO VICTORIA ABRE LOS OJOS, UNA SUAVE LUZ anaranjada entra por la ventana y Andrés ya no está. Todo es silencio en la casa. Se lava la cara y sale a la brisa fresca, perfumada por el jazmín que cubre la reja vecina.

Caminando atenta para no pisar baldosas rotas y basura tirada, ve por el rabillo del ojo una moto que se acerca y disminuye la velocidad para emparejársele. Preparada para escuchar a uno de los tantos muchachotes insoportables que dicen piropos e intentan levantarla, se sorprende al escuchar:

—¡Buenos día, muñeca!

Andrés viene en la moto del Gringo con una bolsa de cuero repleta de revistas y periódicos atravesándole la espalda.

—¡Ah, sos vos! —dice y le da un beso—. ¡Feliz cumple!

—¡Gracias, muñeca! Subí que te llevo hasta el centro y de ahí sigo pa' San Agustín.

Ella se ubica en el asiento trasero y, abrazándolo por la cintura, le pregunta: —¿Vamos a ir pescar?

—¡Sí, claro! Yo llevo las cañas. Cuando termine de repartir tengo que pasar por el club, y después te paso a buscar.

—A la una viene Betina a la plaza.

—Nos podemos encontrar en el puesto como a las tres.

—¡Dale! ¡Buenísimo!

Marko está llenando el balde con agua en la Plaza Alvear.
Al ver a Victoria que viene caminando cerca de la fuente,
le grita: —¡Tengo noticias pa' vos, chiquilina!

—¿Buenas o malas? —pregunta ella mientras avanza.

Él cierra el grifo y lo deja custodiando el balde para ir al
encuentro de Victoria. —¡Buenas, vo! ¿Viste el Mate Cosido?
¿El botija ese con la cicatriz?

—Sí, más vale que sé cuál es, boludo. ¿Qué pasa con ese?

—Lo mataron, anoche.

—¡Guau! Pobre . . . pero bué, se lo merece ese hijo de puta.

—Y otra cosa.

—¿Qué?

—Me voy.

Ella se detiene y lo mira. Marko continúa: — . . . a
Montevideo, la semana que viene.

Victoria se sienta en un banco y, mirándolo a los ojos
por primera vez desde hacía mucho, le dice: —¡Qué bueno,
che! ¡Tu vieja va a estar chocha!

Él se sienta junto a ella. —Sí. Voy a hacer buena guita,
me va a alcanzar pa' ayudarla a poner el puesto de flores . . .

—Pará, boludo, ¿qué es lo que vas a hacer vos?

—Voy a llevar un encargue a Punta del Este. Es un lugar
"pipí-cucú" donde van los tipos grosos, ¿viste? Está bien
cerca de Montevideo, así que ya de ahí ya estoy a un toque
de mi casa . . .

—¿No ves que sos un pelotudo? Yo sabía . . . Vos no te curás más.

—Es lo último que hago pa'l Capitán y todos esos hijos de la remilputa. Te juro. Va a estar todo bien, vo . . . Vení conmigo.

Ella, ignorando el pedido, pregunta: —¿Y en qué te vas?

—En bus a Concordia y ahí me encuentro con uno que me cruza en bote a Uruguay. Me voy el jueves a la mañana. Mirá. —saca un pasaje del bolsillo y se lo muestra.

—¡Cuidate, Botija! No te mandés más cagadas. ¿Sabés qué? Te voy a extrañar, boludo.

—Yo también, chiquilina —le responde con la voz quebrada y, tomándole la mano, le dice—: Estás a tiempo, vo. Si me decís que sí, voy ya a la Terminal y compro otro pasaje, ¿tá?

Victoria le retira la mano negando con la cabeza.

—Algún día te voy a venir a buscar —promete Marko y, para distender el momento, haciéndola reír con su propia medicina, agrega—: Y no me digás eso de . . . "volver con la frente marchita" porque voy a volver antes de que "las nieves del tiempo plateen mi sien."

Victoria sonríe y él sigue soñando en voz alta: —Te voy a llevar a Montevideo y vas a conocer la playa, la rambla, la ciudad vieja, el mercado . . . Te voy a mostrar las llamadas. de los candomberos y . . .

Un silbido torpe llega desde la esquina. Es el de la chaqueta de cuero llevando al Capitán en la moto verde.

—¡Chau, chiquilina! Después te veo —dice Marko y corre hacia ellos. Con la moto ya en movimiento, salta y se sienta en el portaequipaje, detrás del Capitán.

—Se va a matar . . .

Victoria entra a Los Andes por la puerta del frente y se saluda con Beto, que viene cargando una bandeja repleta.

—¿Qué hacés, nena?

—Todo tranqui, che. Vine a buscar mis cosas pa' llevarlas a lo de Margarita —dice ella y revisa el piso—. Parece que Chichón limpió bien, ¿no?

—Sí, pero no salió del depósito. Andá, decile vos.

—¡Qué raro! A ver qué le pasa . . . —Victoria se dirige a la parte trasera del café. Allí encuentra a Chichón sentada en el piso, recostada contra los cajones de botellas vacías—. ¡¿Qué hacés, boluda?! Te dije que no podés quedarte cuando laburan. Es muy chiquito acá.

—Tengo miedo, mirá si me ve mi tío —dice Chichón y se acomoda el cabello que le cuesta esconder dentro del gorro.

Victoria se sienta a su lado y piensa unos segundos. —¡Ya sé! Venite conmigo a lo de Margarita, podés estar ahí durante el día y la ayudás con las cosas de la casa. Es buenísima y ahí no vas a tener que vestirte de varón.

—¿Vos decís?

—Pero más vale, che. Si yo digo que es carnaval, vos apretá el pomo —dice Victoria. Chichón ríe y se distiende.

—Ayudame a juntar todo esto y vamos —pide Victoria, y comienza a recoger sus cosas.

Al salir de la casa de Margarita, satisfecha por haber dejado a Chichón en buenas manos, Victoria camina hasta la Plaza

Alvear. Betina la está esperando sentada en un banco frente a la fuente. —¡Eh, Beti! —grita Victoria, y corre hacia ella. La prima gira la cabeza y, al verla, se levanta a abrazarla. ¡Hola, loquita! —le dice. Saca de la cartera un paquetito envuelto en papel azul brillante y se lo entrega. —Te traje lo que te prometí.

—¡Gracias, che!

—No es nada, boluda. Te quería dar algo pa' la escuela. Victoria tira de la cinta y se le ilumina el rostro. Es un delantal blanco con botones en el frente. —¡Está buenísimo!

—Era el mío —dice Betina y ríe, acordándose de cuando lo usaba los primeros y únicos años que fue a la secundaria.

—Me viene bárbaro —dice Victoria, abrazando a la prima.

—Pa' cuando te recibas de maestra te compro uno nuevo.

Victoria sonríe. —Mirá que me voy a acordar, ¿eh? Che, ¿cómo están los melli?

—Están bien. Se la pasan jugando con el perrito y los hijos de la Lily.

—¿Se arreglan bien con el Mordelos?

—Pero sí. Y hasta a doña Norma le hace bien el bichito ese.

—¡Qué bueno! . . . Los extraño un montón a los guachitos esos. No veo la hora de vivir con ellos sin que nadie nos joda.

—Todo llega, loquita, ya vas a ver. Yo te voy a ayudar lo más que pueda.

Victoria sonríe agradecida y le pregunta: —¿Y tu novio, che? ¿Qué onda?

—Ni me hablés de ese hijo de puta.

—¡¿Qué?! Si anoche . . .

—Se hacía . . . —la interrumpe Betina—, pero yo sabía que andaba en algo raro. Anoche, cuando nos fuimos del club, me contó que hace rato está con una chiruza . . . Lo peor es que no quiere que cante más en el Neuquen. Yo sabía . . .

—¡Qué mierda! ¿Y qué vas a hacer?

—Ni idea. Me gustaría ir a Buenos Aires, ¿viste? No sé . . . Me quiero ir a la mierda, no me banco más estar en lo de mi vieja, pero debo un tocazo de guita. No me da pa' irme.

Victoria la agarra de la mano. —Che, Beti, ¿y si cantás en un bar, como el Flamingo o ese nuevo que hay en calle Illia? Andrés conoce a todos los dueños y a los encargados. ¿Querés que él pregunte?

—¿A vos te parece, che? No sé si esos bares me van a dar bola a mí . . .

—¡Pero más vale, che! Si sos regenia vos —dice Victoria y ríe.

Betina la abraza. —¡Te quiero mucho, loquita!

—Yo también. Si venís mañana, te cuento qué le dijeron a Andrés. ¿Podés?

Betina asiente. —¿Cómo a esta hora?

—¡Ajá! Te espero ahí en el quiosco de diarios donde trabaja Andrés —Victoria señala hacia el puesto.

Levantándose, Betina dice: —Dale, vengo y trato de traer a los melli.

—¡Buenísimo! ¡Ah, che!, ¡gracias por el regalo! —dice Victoria, y se levanta para darle un abrazo de despedida.

Victoria se va al quiosco de diarios y le pide permiso al
Gringo para guardar allí el paquete con el delantal. El
dueño del puesto le convida mate y, entre cliente y cliente,
charlan hasta que llega Andrés.
    —Ahí viene el dueño del día, como decían en el diario
El Pueblo —dice el Gringo.
    Andrés les sonríe y estaciona la moto contra el tronco
del jacarandá. Trae dos cañas de pescar que sobresalen de
la bolsa de cuero que cuelga de su espalda. Saluda a Victoria
con un beso y ella le cuenta entusiasmada sobre la visita de
Betina y el delantal que le trajo.
    —Mirá qué bien: es mi cumpleaños y vos ligás regalo —ríe
Andrés mientras saca las cañas de la bolsa ya vacía de revistas
y periódicos. Luego, mientras toman mate, le informa al
jefe los detalles sobre el reparto de la mañana.
    Victoria espera que termine con el reporte, y le dice:
    —Che, Andy, ¿sabés que a Betina la cagó el viejo ese del
Neuquen? Le remetió los cuernos y se pelearon. Lo peor
es que no la deja cantar en el club.
    Andrés, que había empezado a reponer revistas en el
estante del costado, se detiene sorprendido. —¡¿En serio?!
    Victoria sigue hablando, quiere saber si él está de acuerdo:
    —Dice que por ahí se va a Buenos Aires, pero yo le dije que
vos conocés a los dueños de los bares, que podés pregun-
tarles si ella puede cantar ahí.
    —Y sí, más vale.
    Victoria salta y lo abraza. —¡Gracias, Andy! ¡Sos el mejor!
    —No es pa' tanto, che. Yo les pregunto, alguno va
a picar . . . Hablando de pique . . . —dice, y agarrando

las cañas de pescar, pide—: Vamos yendo, che, así no nos agarra la hora de los mosquitos.

Con el alma rebosante de aventura y libertad, bajan calles y barrancas rumbo al río. El sol tibio y la buena racha los acompañan.

Al llegar a la costa, Andrés señala una gran piedra incrustada en la tierra húmeda y dice: —Seguro que ahí hay lombrices pa' la carnada. —La da vuelta y, al dejar al descubierto una decena de movedizos gusanos marrones, saca una bolsa de nailon del bolsillo para comenzar a meterlos.

Victoria se suma y, en busca de más, cavan la tierra con las manos y juegan con el barro fresco entre los dedos. Ella levanta varias y, observando cómo aquellas pequeñas criaturas se retuercen sobre la palma de su mano, dice riendo: —Me hacen cosquillas.

—Acá tienen otra —dice Marko, llegando por detrás de Andrés y deslizando una lombriz bajo su camiseta.

—¡¿Qué hacés, idiota?! ¡Rajá de acá, pelotudo! —grita Andrés, sacudiéndose para sacarse el animalito.

Marko ríe y pregunta: —¿Así que se van de pesca, vo? Voy con ustedes, ¿tá?

—Perdete, Botija. Tenemos dos cañas nomás —dice Andrés.

—Todo bien, yo agarro pescados hasta con la mano.

—Che, pesado, ¿no me escuchaste? ¡Dije que te vayás! Y no me hagás enojar, que te . . .

—¡Andrés! —interrumpe Victoria. —Marko se va a Uruguay.

—Entonces, que le vaya bien —dice Andrés, atando la bolsa con lombrices a una de las cañas.

—No seas así, che —pide Victoria—. Él me ayudó.

—Es cierto, vo. Y tenemos que festejar que no me vas a ver más —dice Marko y, parándose sobre una enorme piedra, canta con voz de circunstancia:

"Adiós, muchachos, compañeros de mi vida,
barra querida de aquellos tiempos
Me toca a mí hoy emprender la retirada . . ." 10

Victoria aplaude. —¡Bravo! ¡Grande, Botija!

Marko se saca el gorro y le dedica una sobreactuada reverencia.

—El premio es pa' la maestra que le enseñó —dice Andrés celoso, y abrazando a Victoria por la cintura, le da un beso.

Marko baja del improvisado escenario y, mientras avanzan, dice: —Che, chiquilina, sería lindo que vayás a despedirme, pero . . . el bus sale de madrugada, no sé si vos . . .

—Yo sí —se apura a decir Andrés—. Voy a estar ahí, firme como rulo de estatua; quiero asegurarme de que te vas, Botija. Mirá si te arrepentís . . .

A lo largo de la playa hay gente jugando, cantando y bailando con la música a todo volumen. Victoria señala una pequeña bahía flanqueada por dos sauces, lejos del bochinche, ideal para pescar.

Andrés y Victoria encarnan los anzuelos, los lanzan a la voluntad de las aguas turbias, y esperan. Se hablan susurrando frases breves, no quieren ahuyentar los peces ni la magia del momento.

Con la vista acompañan el balanceo de los corchos en la superficie. Se alegran cuando la boya de Andrés se sumerge, pero el pez que saca es un bagre tan pequeño que lo devuelve al río. La expectativa de atrapar una presa grande —o al menos una mediana— se prolonga más de lo imaginado. Los jovencitos amenizan el aguante salpicándose y riendo con chistes y con río.

Marko le da una bofetada mortal al insecto que le chupa la sangre del cuello. —Lo único que pica acá son los mosquitos, vo. Debe haber un lugar mejor —dice y, con las manos en los bolsillos, se aleja a investigar los alrededores.

Victoria y Andrés gozan el momento de tranquilidad, hasta que escuchan: —¡Miren, chiquilines! —Marko aparece parado haciendo equilibrio dentro de un bote viejo.

—¡¿Qué hacés, Botija!? ¡Te vas a dar vuelta, boludo! —le grita Victoria.

—Vengan a pasear en mi yate —les dice, dirigiendo el bote hacia ellos.

Andrés sacude la cabeza. —Este es más peligroso que peluquero borracho.

Mientras Marko se aproxima remando, les insiste: —¡Suban, cagones! No sean gallinas.

—¡Vos sos gallina, Botija; nosotros somos bosteros! — grita Victoria.

— ¡Dale, vo! Los llevo a ver si pescan algo más adentro, ¿tá?

—Che, muñeca, el boludo tiene razón . . . una vez que tiene razón. Acá no vamos a sacar nada —dice Andrés. Levanta la caña y camina hacia el bote que ya está a pocos metros de la costa.

Victoria duda, pero no tiene alternativa. Avanza con el agua a la altura de las rodillas y los muchachos la ayudan a subir al bote. Ubicándose en las maderas rotas que hacen de asiento, pregunta: —Che, Botija, ¿de dónde lo sacaste?

—Unos tipos se estaban bajando ahí, en un muelle medio hundido. Se fueron y me la agarré.

Andrés, señalando una caja de vino Toro que asoma por debajo de una tabla, dice: —¡Miren, che! ¡Viene con premio!

Marko la rescata y, levantándola como si fuera un trofeo, exclama: —¡Y está enterita, vo! —La abre, bebe un trago y, secándose los labios con el dorso de la mano izquierda, se la ofrece a Victoria.

Ella la rechaza. —¡Puaj! Es el olor de Juan.

Marko encoge los hombros y se la pasa a Andrés, que, serio, dice: —Yo no . . . —luego ríe, y tomándola, agrega: —Yo no te voy a decir que no.

Andrés bebe un trago demasiado largo para Marko, que le pide: —Aflojá, botija, que quiero darle otro beso a esa cosita. — Y le quita la caja de las manos.

—Che, boludo, ¿a vos te decían mosquito allá en Uruguay? —pregunta Andrés.

—¿Por qué, vo?

—Porque hay que matarte pa' que dejés de chupar.

Marko agarra la caja, bailando al compás, y canta:

"Mirá qué negro que soy, mirá qué negro que soy.
Yo tomo vino en cartón, yo tomo vino en cartón.

Y cuando empiezo a escaviar, y cuando empiezo a escaviar
a mí me cabe descontrolar, a mí me cabe descontrolar . . ." [11]

Victoria ríe con los amigos y concede su caña a Marko. Este, poniéndole la carnada, le habla: —Más te vale, lombricita, que me traigás uno grande, ¿tá? Porque si siguen saliendo de los chiquitos nomás, vamos a pasar vergüenza, vo.

—¡Y hambre! Vamos a pasar hambre, Botija —dice Andrés.

Aprovechando que los muchachos se concentran en pescar, Victoria se dedica a apreciar el naranja del sol que reina en aquel paraíso litoraleño y, lentamente, se va dejando mecer por las ondas del río.

—¡Ah, mierda! —grita Marko. Su caña se está sacudiendo, vibra y se arquea señalando la presa que resiste. Él se pone de pie para luchar mejor—. ¡Me hizo caso la lombricita, vo!

La frágil embarcación se sacude y Andrés trata de estabilizarla. Marko gana la pelea y, al ver el botín ondear en el aire, anuncia: —¡Es un surubí, tiene como tres kilos!

—¡Te pasaste, Botija! —lo felicita Victoria.

—¿Por qué? ¿Pesa menos de tres? —bromea él.

Mientras Andrés desprende el anzuelo de la boca del pescado y deja a este coleteando en el piso del bote, Marko empuña la caña como si fuera una guitarra y canta:

"No te duermas pescador . . .
que tu anzuelo está en llamada.
Hoy el pique está mejor en el río Paraná . . .

Cuando tengas en tu línea un surubí
no te olvides de pegar un sapucay" [12]

Andrés se le une al grito de sapucay.

Marko se inclina ante los aplausos de Victoria, quien ríe y le pregunta: —¿De dónde carajo sabés chamamé, Botija? Dos lanchas pasan a toda velocidad y una gran ola abofetea al barquito. Victoria se sostiene como puede. Andrés se arroja contra el lado que se eleva haciendo contrapeso para acercar la base del bote al agua. Marko trastabilla, agita los brazos para mantenerse a bordo pero, aleteando, cae de espaldas al río y . . . desaparece. La gorra negra y amarilla queda flotando.

Andrés observa estupefacto los círculos del agua que se tragó al muchachito.

—¡Se va a ahogar! ¡Andy, hacé algo! —ruega Victoria.

Él reacciona y se tira de cabeza.

—¡Cuidado! —grita ella y fija sus ojos mojados en el río. Le parece una eternidad el tiempo que pasa hasta que un estallido rasga la superficie y ve a Andrés emerger, jadeando en busca de aire. Trae a Marko arrastrándolo por el cuello de la camiseta, desvanecido. Victoria se estira para ayudar a subirlo al bote y lo acuesta en el piso. Andrés sube detrás, está exhausto y tiembla. Ella lo abraza llorando.

Marko tose y escupe agua. Victoria se inclina sobre él y le levanta la cabeza. —¿Estás bien? ¿Te podés levantar?

Él vuelve a toser y asiente. Ella lo ayuda a sentarse con la espalda apoyada contra una de las maderas que hace de asiento, y pide: —Vamos a volver, che.

Con la punta de la caña, Andrés está intentando rescatar la gorra que apenas se distingue en el agua. Cuando lo logra, se la tira al dueño y se prepara para remar.

Exhaustos, sus brazos luchan contra la corriente. Avanzan con mucha dificultad hasta que, por fin, logran llegar a la costa. Ayudan a Marko a desembarcar y remontan juntos las barrancas del parque.

Caminan en silencio durante varias cuadras hasta que Andrés dice: —Che, cambien la jeta, que la tienen más larga que un bolsillo lleno de piedras.

Los tres ríen y Marko se anima a decirle: —¡Gracias, loco! Te debo una, vo.

—Lo hice por la "chiquilina" —responde Andrés y le da un beso a Victoria. Luego agrega—: Che, Botija, ¿sabés de qué me di cuenta cuando te agarré abajo del agua?

—¿De qué?

—Que en el fondo, sos bueno . . .

—¡Qué guacho! —dice Marko y tiene un ataque de tos.

Victoria le pide: —Más vale que te vayás a descansar, Botija.

—Pa' mí que tiene ganas de ir a dar una vuelta en bote . . . ¿No, boludo? —ríe Andrés y, elevando la bolsa de nailon de las lombrices que ahora contiene el surubí, propone—: Primero hagamos este en el patio de casa.

Victoria mira la luna y sonríe *¡Gracias, mamá!* Toma a los muchachos del brazo y canta:

*"Tres amigos siempre fuimos
en aquella juventud . . .
Era el trío más mentado
que pudo haber caminado
por esas calles del sur."* [13]

Capítulo 12

LAS CAMPANADAS DE LA IGLESIA SUENAN CADA CUATRO pasos de los que da Victoria camino al puesto de diarios. En la esquina hay dos muchachitos nuevos; parados en ambos estribos, lavan el parabrisas de un camión

El Gringo, apoyado en el mostrador, toma mate y habla con un señor mayor. Este, sosteniendo un ejemplar de la revista "Ábrete seso", le cuenta: —A mi nietita le encanta, le leo los cuentos y hacemos juntos los juegos que trae.

Cuando el hombre se va, llegan varios clientes, uno detrás del otro, y Victoria ayuda alcanzándoles lo que solicitan, mientras el Gringo les cobra.

Durante una pausa, él ceba mate y ella le pide usar la banda elástica que hay en el mostrador para peinarse una cola de caballo.

Andrés llega en la moto y la estaciona junto al jacarandá. Trae puesta la camiseta del club Patronato y la bolsa de cuero atravesada en la espalda.

Victoria lo saluda y se apresura a preguntar: —¿Y? ¿Al final, apareció el dueño del Vodevil? ¿Le preguntaste lo de la Beti?

—Sí, sí —la calma sonriendo y corre a atender un cliente

que, con la ventanilla abierta y el coche en marcha, espera que le alcancen el periódico. Cuando Andrés vuelve, busca un cuchillo detrás del mostrador y corta las piolas que atan los paquetes de revistas.

—Dale, contame qué te dijo el tipo —pide Victoria.

—¡Ah! Dijo que vaya esta noche. Él va bien tarde. —Se pone serio y con una ceja levantada, sopla la punta del cuchillo diciendo—: Misión cumplida, muñeca.

—¡Buenísimo! —grita ella y se lo agradece con un abrazo y un beso. Luego lo ayuda a colocar las revistas en los estantes y se ocupa de cebar el mate.

—Che, Andrés —le dice el jefe—, voy un ratito a Los Andes que me junto con los del sindicato.

—Sí, andá nomás —responde el muchachito y deja el mate sobre el mostrador para atender a una clienta que está mirando los estantes.

—Yo lo ayudo, cualquier cosa —le avisa Victoria y se apura a entregarle una revista "Para ti" a la mujer que acaba de pedírsela a Andrés.

El Gringo le sonríe y cruza la avenida hacia el café.

Victoria le ofrece otro mate a Andrés: —Está frío y lavado, ¿lo querés igual?

—Con la propaganda que le hacés . . . dejá nomás — dice él y, asombrándose, le avisa—: Parece que tenés visita, muñeca. Mirá.

Betina y los mellizos vienen caminando. Mordelos aparece trotando por detrás y los alcanza. Victoria corre a abrazarlos. Mientras las primas charlan en la vereda del quiosco, el cachorro olfatea los árboles de la cuadra y los mellizos persiguen a las palomas.

—Che, Beti, Andrés habló con el dueño del Vodevil. Tenés que ir esta noche, tarde.

—¡Buenísimo! —se alegra Betina y, con una gran sonrisa, le dice a él—: ¡Gracias, che! ¡Sos un capo!

La moto verde frena chirriando las llantas y, mientras el Capitán baja del asiento de atrás, el de la chaqueta de cuero acelera y se va.

—¡Che, pendeja! —le grita el Capitán.

Victoria da un paso largo cubriendo a los mellizos.

El matón se para a pocos centímetros de ella y, con las manos en la cintura, le grita: —¡¿Dónde anda el uruguayo?! Victoria da un paso para atrás. —Nnno sé, no lo vi.

Andrés sale del quiosco y se acerca escondiendo el cuchillo detrás de la pierna.

El Capitán, en un segundo, saca un revólver de la cintura y le apunta. —Chito ahí, canillita de porondanga. —Lo mira burlón—. ¿Te querés hacer el macho con la gurisa? — Echa una estruendosa y maloliente carcajada con la enorme boca abierta llena de dientes negros.

Mordelos le gruñe y el hombre le tira una patada. —¡Cerrá el culo, perro sarnoso!

Tomando a los mellizos de la mano, Betina hace señas a la prima para que permanezca calmada, y se aleja con ellos. Martín y Damián llaman al cachorro y este los sigue ladrando nervioso.

El Capitán, fuera de sí, pregunta a Victoria: —¿Y Chichón? ¿Dónde, carajo, se metió?

—Ni idea.

—No te hagás la mosquita muerta conmigo, pendeja.

—Es cierto —intercede Andrés—. No los vimos.

El Capitán mira fijo a uno y a otro. Ellos no respiran. Escupe al suelo y, hundiendo el cañón del revólver en el estómago de Andrés, explota en otra de sus carcajadas. De pronto, clava la vista en la moto del Gringo, pasa el cañón del arma acariciando el asiento y sonríe socarrón. Guarda el revólver en la cintura y se aleja con paso de ganso hacia la esquina donde los "trapitos" están trabajando para él.

Andrés abraza a Victoria. Ella suspira profundo. —Voy a ir a lo de Margarita pa' avisarle a Chichón que se cuide, que este enfermo lo anda buscando.

—No, muñeca. En un rato, ni bien vuelve el Gringo, yo me voy pa'l club. Paso por lo de Margarita y les aviso. —Le señala hacia la otra esquina, donde están Betina y los mellizos jugando con Mordelos—. Vos andá a pasear con tu prima y tus hermanos que te va a hacer bien. —Le da un beso—. ¡Chau! Andá que te esperan. Yo me voy a descargar con la pelota, la voy a cagar a patadas . . .

—¡Gracias, Andy! —le grita ella mientras corre a unirse a su familia.

Los mellizos están tirándole palitos a Mordelos para que los busque. Betina va al encuentro de Victoria. —¡¿Quién era ese hijo de puta?!

—El Capitán . . . Dejá, que se pudra. Vamos al parque.

Doblan por calle Córdoba y, al llegar al Parque Urquiza, Damián tira de la camiseta de Victoria. —¡Tengo hambre!

—¡Yo quiero un pancho! —grita Martin señalando los puestos que hay en la costera, a lo largo del río.

—¡Dale! Yo invito —dice Betina, y corren una carrera barranca abajo.

El puestero, que está reacomodando el cartel que dice MCPANCHO'S, reconoce a Betina y la saluda nervioso. Toma el pedido y lo prepara sin dejar de mirar a la cantante, lo que le cuesta un pan mal cortado y un dedo quemado. Entregándole el pancho, le dice: —Te fui a ver al Neuquen. No me van a creer los muchachos cuando les cuente . . .

Las chicas cruzan miradas compinches y, balanceando sus caderas, comienzan a cantar con el pancho como micrófono:

"Queeee . . . me importa lo que digan tus amigos,
si lo único que sueño es estar contigo,
si yo solo quiero que entibies mi nido . . .

Curiosos y admiradores se van sumando con palmas y ovaciones. Entre ellos, llega un muchacho con guitarra y la hace sonar al compás de la cumbia.

"Quéeeee . . . me importa lo que digan tus amigos
si pruebo olvidarte y no lo consigo
porque sos mi vida y yo sin vos no existo.
Quéeee . . . me importa que te digan tus amigos
que todo es mentira, mi amor, mi cariño,
si ellos no sienten mis propios latidos.
Lo único que importa es que seas vos mismo,
que al qué dirán no prestes oídos
porque yo te amooooooo y por voooooos yo vivooooo."

Las primas, riendo, se abrazan y saludan a la audiencia que aplaude pidiendo más. El panchero se abre paso hacia Betina y le extiende un marcador y una servilleta de papel. —¿Me das un autógrafo? . . . Ella firma y le deja impreso un beso con pintura labial. El muchacho, sonrojado, le agradece y corre a traerles una lata de Pepsi y una de Fanta Naranja.

—¡Yo quiero la Pesi! —grita Martín.

—¡Yo quiero la ranja! —pide Damián.

—Naranja, es una sola palabra: NARANJA —lo corrige Victoria, mientras lo ayuda a abrir la lata—. Y decile 'gracias' al señor.

Mordelos se entretiene dándose un atracón con restos de pan y salchicha asada que, rebozados con tierra y pasto, abundan en el suelo.

Los cuatro primos se sientan en el pasto junto a un grupo de aromos florecidos. Victoria inspira profundo llenándose los pulmones y el corazón con el dulce perfume familiar. —A mamá le encantaba el espinillo; traía ramitas y las ponía en un florero que yo le hice cuando iba a primer grado . . .

Martín, que hasta ese momento parecía estar más concentrado en beber su gaseosa, la mira triste. —¿Cuándo viene mamá? La tía me dijo que no va a venir más . . .

—¿No es cierto que va a volver? Como vos, que volviste . . . —agrega Damián.

Victoria respira hondo y, con voz temblorosa, les explica la verdad que ya les dijo tantas veces, pero que siempre suena como la primera vez. Sabe que lo tendrá que repetir hasta que ellos puedan entenderlo o, al menos, aceptarlo. Apoyándose uno en el otro, los cuatro lloran abrazados.

Un hociquito frío y húmedo hace presión para que lo dejen entrar a la ronda. Las barreras se alzan y Mordelos, lamiéndoles las mejillas y haciéndoles cosquillas con la cola agradecida, transforma las lágrimas en risa contagiosa.

Junto a la cancha de fútbol improvisada por los mellizos donde juegan pateando una botella de plástico, Victoria y Betina sueñan despiertas haciendo planes para un futuro ideal.

¡Victoria! —llama alguien desde la vereda. Ella gira. —¡Doña Frida!

La mujer mira sorprendida a los mellizos. —¡No me digas que estos dos hombrecitos son tus hermanos!

—Sí, son —ríe Victoria, y sacudiéndose el pasto pegado en sus pantalones se acerca a saludarla con un beso.

Betina se les une. —¡Hola, doña Frida! Yo soy Betina, la prima de Victoria. Mi tía siempre me hablaba de usted.

—Yo también la apreciaba mucho . . . —dice la mujer y se dirige a Victoria—: Ahora, querida, ¿me decís algo? Marcia, mi hija más chica —le aclara a Betina y, con perplejidad en su rostro, continúa—, me dijo que el otro día iba en el colectivo y le pareció verte lavando vidrios en la esquina de la Iglesia San Miguel . . . ¿Eras vos?

Victoria traga saliva. —Eh, sí . . . Pero ya no lavo más, ahora vendo flores con un amigo.

—Pero . . . ¿no estabas con tu tía?

—Me tuve que ir porque el novio de ella me . . . molestaba y . . .

—¡¿Y dónde estás viviendo?!

—En la casa de una señora, Margarita se llama. Es muy buena, ayuda a los gurises que no tienen dónde vivir.

—Pero, ¿los mellicitos sí viven con esa tía? —dice doña Frida, y pregunta a Betina—: ¿Es tu mamá, querida?

—Sí —responde Betina—, ellos viven en mi casa. Bueno, mi casa por ahora. Ni bien pueda, me rajo yo también de ahí.

—Che, Beti, capaz que podés alquilar una habitación en lo de doña Frida —dice Victoria y mira a doña Frida esperando una respuesta afirmativa.

Betina se siente incómoda. —¡Pará Victoria! Primero tengo que conseguir laburo.

La mujer les ofrece: —¿Por qué no vienen a casa a tomar la merienda, y de paso lo charlamos?

La puerta de la pensión está abierta. Doña Frida entra primero y dice: —¡Hola Marilén! —Una señora barre la galería que da al patio central al compás de la chamarrita que canta la radio al pie de la ventana. Mientras van pasando, también la saludan Victoria, Betina y los mellizos —estos últimos obligados por la hermana. Detrás de todos pasa Mordelos, moviendo la cola.

Me acuerdo de mamá barriendo este patio . . .

—¡Victoria, Betina, chicos! —Llama doña Frida —Vengan a la cocina y tomamos unos mates. Martín y Damián, ¿ustedes quieren una leche con chocolate?

—¡Sí! —gritan los dos.

—Bueno, entonces . . . —dice la mujer y, señalando una puerta blanca al otro lado del patio, les señala—: Ese es el baño, lávense las manos y yo preparo la merienda.

—Beti, vos llevá a los melli, yo la ayudo a doña Frida — dice Victoria.

Mientras la mujer pone a hervir el agua para el mate y llena una canasta con bizcochos, Victoria lava las tazas que hay en el fregadero y limpia la mesa con un repasador.

—Sos muy parecida a tu mamá, ¿sabías? —le dice la mujer y le da un beso en la cabeza. Luego, pone sobras de carne en un plato que deja bajo la mesa para Mordelos y sirve dos tazas con leche chocolatada.

Doña Frida trae el termo y el mate y se sienta con todos a la mesa. Mientras le pasa un mate a Betina, dice: —Tengo todas las habitaciones ocupadas . . .

Las primas se miran desilusionadas. La mujer se levanta a buscar un platito con agua que deja en el piso para Mordelos y, sentándose otra vez, continúa: — . . . Salvo el dormitorio de Marcita. Ella vive con el novio hace como un año. Yo no quería ocupar su cuarto, por las dudas . . . Pero ahora parece que tienen planes de casarse nomás . . .

Betina eleva las cejas y sonríe: —Entonces . . . ¿me la puede alquilar a mí?

—Primero le voy a preguntar, para estar segura, ¿viste? Vengan y se la muestro —dice doña Frida y se incorpora.

—Ustedes esperen acá, nosotras ya venimos —dice Victoria a sus hermanitos que, tirados de panza en el suelo, juegan con Mordelos.

Las tres suben una escalera angosta y doña Frida abre la puerta a una pequeña habitación. A las primas las inunda la calidez de hogar que les llega del olor a cera del piso de madera, del cubrecama multicolores tejida al croché, de las repisas con libros y muñecas, de la foto ampliada con los compañeros en el viaje de egresados, del póster de una gaviota remontando vuelo . . . Los ojos de Victoria brillan observando cada detalle.

—¡Qué linda es! —dice, y codea a la prima.

Betina sonríe imaginándose dueña de ese espacio.

—Como es muy chica, me podés pagar la mitad de lo que salen las otras habitaciones —dice doña Frida.

—¡Buenísimo! —dice Betina entusiasmada—. ¿Puedo avisarle mañana, que voy a saber si esta noche me dan trabajo?

—Sí, querida, no hay apuro. Mientras tanto le pregunto a mi hija, no vaya a ser que . . .

Las interrumpe el llanto de Damián, que entra con la cara empapada de lágrimas y mocos, acusando a Martín de haberlo empujado. El hermano lo sigue, gritando que no fue su culpa, que Dami fue el que empezó y que él solo estaba . . .

—¡Chicos, portensé bien! ¿Qué va a decir doña Frida? —los reta Victoria.

Betina ríe ante las miradas "dramáticas" que se entre-cruzan sus primitos, y dice: —Vamos yendo. Me quiero preparar para ir al Vodevil.

Cerrando la puerta de la habitación de Marcia, la mujer comenta: —Entonces, Betina . . . si te venís a vivir acá, voy a poder ver a Victoria y a estos dos atorrantes cuando te vengan a visitar.

En la puerta, doña Frida los saluda con un beso. Los

mellizos se limpian la mejilla descaradamente, Martín frotándosela con el hombro y Damián pasándose la palma. Ante la mirada reprobadora de la hermana mayor, Damián se defiende: —No me limpio, lo mezclo nomás. La mujer, riendo, le hace señas a Victoria que los deje y, al escuchar el timbre del teléfono, se disculpa y corre hacia adentro.

Victoria acompaña a Betina, a los mellizos y a Mordelos hasta la esquina. Allí le da un beso a la prima. —¡Suerte con el del Vodevil, che! Por ahí te veo . . . —Luego se arrodilla para despedirse de sus hermanitos, ellos la abrazan con fuerza.

En ese momento, Betina se dobla tomándose del vientre.

Victoria se asusta. —¡¿Qué pasa, Beti?!

Betina se encoje de hombros.

—¿No estarás . . . ? —pregunta Victoria, preocupada, recordando las mamás adolescentes que vio en el Hospital San Roque.

—No creo, debe ser el pancho, los nervios, no sé. Ya se me va a pasar —dice y se concentra en inspirar aire fresco por la nariz para exhalarlo por la boca hasta que se siente mejor.

Damián la mira serio, quiere saber: —¿Vos también te vas a morir?

—¡No, Dami!, le duele la panza, nomás —lo tranquiliza Victoria, y Martín le dice: —Como cuando te comiste rerrápido todos los caramelos pa' no darme ni uno a mí . . .

—Listo, ya pasó —dice Betina y, tomando las manos de sus primitos, agrega—: Vamos, gurises.

Victoria se preocupa. —¿Voy con ustedes hasta lo de tía Marta?

Betina le sonríe. —Estoy bien, tranqui. Después nos vemos por el bar.

Victoria los saluda con la mano en alto y los observa durante unos minutos para asegurarse que van bien.

Capítulo 13

El miércoles, Victoria se despierta ansiosa. Acaricia la foto que pegó en la pared junto a su cama. *Mamá, hoy tengo el examen de la escuela . . . Vos me vas a ayudar, ¿no cierto?*

Está lavando la taza del desayuno cuando un golpe violento y exigente suena en la puerta de la calle. Ella se sobresalta y corre. Al abrir, encuentra a Marko sentado en el umbral, agarrándose el brazo ensangrentado. Tiene un ojo morado y el labio partido.

—¡¿Que te pasó, boludo?! Vení adentro —le dice Victoria, y lo ayuda a entrar. Lo hace sentar en la cocina, y con un paño le ata la herida del brazo para detener el sangrado —. Decime la verdad, Botija. ¿Qué carajo te pasó?

—El Capitán . . . —murmura Marko entre dientes— . . . y los otros guachos . . . le robaron la moto al Gringo . . . Con el Andrés los quisimos parar y . . .

Victoria se congela y pregunta con miedo: —¿Y Andrés?

Marko evita mirarla a los ojos. —Lo fajaron mal . . .

—¡¿Y por qué no empezaste por ahí, boludo?!

—Vine a eso . . . pero . . .

—¡Decime dónde está! —pide ella, alarmada.

—Lo llevaron al hospital San Martín, . . . eso dijeron los

de la ambulancia . . . Un señor los llamó . . .

Apurada, Victoria se pone un abrigo que cuelga del respaldo de la silla y sale hacia la calle. Antes de cerrar la puerta, le grita: —¡Esto pasó porque vos seguiste metido con el Capitán!

—Voy a arreglar las cosas, . . . vas a ver —promete Marko, pero ella no lo escucha.

Al llegar al hospital se encuentra con decenas de personas atacando con preguntas y quejas a la única empleada que atiende la mesa de entrada. La joven recepcionista trata en vano de mantener la situación bajo control.

Confundida, Victoria mira alrededor. A su derecha, sobre la puerta abierta de acceso a un corredor, hay un cartel: EMERGENCIAS.

Allí encuentra un caos aún peor que el del vestíbulo de entrada. Hay niños llorando, una anciana rezando, perros echados en el piso, gente con fracturas, cortes y quemaduras acostados en camillas o recostados contra la pared. No hay médico ni enfermera a la vista para preguntar por Andrés. Sigue buscando. *¿Dónde estás?* Cuando llega al final del corredor, dobla por un pasillo largo con varias puertas a ambos lados. Espía cada una de aquellas habitaciones. Sin éxito, decide volver para preguntar en la mesa de entrada.

Esta vez son muchísimas más las personas apiñadas alrededor de la joven recepcionista, que continúa sola para enfrentar aquel pelotón de hostigamiento.

Victoria se desliza a través de la multitud y le toca la manga del delantal. La recepcionista se sacude el brazo para alejarla, pero Victoria pide: —Por favor, ayudame. Estoy buscando a Andrés . . . Peralta.

—Andá del otro lado y esperá que te toque.

Victoria insiste: —Lo trajo una ambulancia . . .

—¡Nena, hay otras personas antes que vos!

De repente, un micrófono con el cubo de Canal 9 en el mango, aparece entre ellas. —¿Señorita, es verdad que los empleados del hospital amenazan con una huelga? ¿Qué nos puede decir al respecto? —pregunta un reportero peinado con gel.

La recepcionista lo mira desorientada. El hombre aprovecha para indicarle al camarógrafo que se acerque aún más y vuelve a la ofensiva: —¿Podría explicar a nuestros televidentes qué es lo que solicitan los trabajadores del San Martín, señorita?

La joven se arregla el cabello, sonríe a la cámara y habla: —Bueno, como pueden ver, esto es imposible . . .

Ahora o nunca. Victoria agarra el libro de registros y se sienta en el suelo, detrás del escritorio. Su dedo índice recorre los nombres rogando encontrar el de Andrés. *Nada . . . Tiene que estar en algún lado.* Victoria respira hondo para aliviar las náuseas que le provoca el penetrante olor a alcohol, a cloro, a angustia.

Deja el libro en su lugar y sale a recorrer las otras áreas del hospital. Hasta que, finalmente, lo ve. A Victoria le parece que su corazón va a explotar. Andrés está acostado en una cama junto a la puerta de una habitación con otros dos pacientes. Una sábana amarillenta lo cubre hasta el torso desnudo. Está dormido. Tiene una venda en la cabeza,

CAPITULO 13

el rostro hinchado, el brazo izquierdo entablillado, moretones por todos lados, un corte que le atraviesa la ceja derecha y sangre seca en el cuello. *Dios mío, Andrés.* Victoria titubea, quiere avisarle que está, pero no quiere molestarlo. Al lado de Andrés hay un joven de ojos desorbitados que la observan desde que entró. Un hombre de barba blanca se sienta en la tercera cama y a ella se le para el corazón por su parecido con Pepino. El anciano la ve parada junto a Andrés y comenta: —¡Qué paliza, eh! Victoria responde con una sonrisa triste y se sienta en el suelo junto a la cama del amigo. Lo observa respirar pesadamente; dos lágrimas se desploman de su mirada. Apoya su cabeza cerca de la de él y le susurra: —Perdoname, tenías razón con lo del Botija.

Con la imagen de la mamá peinándola en su sueño, Victoria despierta y descubre que la mano que le está acariciando la cabeza tiene manchas anaranjadas por el antiséptico y moradas por los golpes . . . —¡Andy! ¿Cómo estás?

—Bien . . . —traga saliva— . . . bien jodido. —Cierra los ojos y hace una mueca de dolor. Luego, con voz apenas audible, pregunta: —¿Qué hora es?

Una joven enfermera entra empujando un carrito con bandejas y dice: —Les traigo el desayuno, muchachos.

—Che, Andy, ¿querés que vaya a la policía? —pregunta Victoria.

—¡No! —dice él con fiereza, y arruga el rostro por el dolor—. Si metemos a la cana . . . el Capitán no va a parar . . . hasta matarnos . . . Dejá . . . Además, a ellos . . . no les importa . . .

—Tenés razón —dice Victoria, le acerca la taza de mate cocido a los labios y comparten las dos rodajas de pan.

—Vos . . . ¿no tenías que . . . ir a la escuela hoy? —pregunta Andrés.

—Sí, en la tarde.

Otra enfermera entra en la habitación y se dirige a Andrés: —Enseguida te van a venir a buscar para enyesarte el brazo, ¿sabés?

Él asiente con una mirada de consternación. Victoria adivina lo que está pensando.

La enfermera escribe algo en un registro y, sin levantar la vista del papel, avanza hacia la cama que sigue.

—No voy a poder . . . jugar por un . . . tiempo —dice Andrés.

—No te calentés, boludo. Ahora te tenés que curar y . . .

—¿Andrés Peralta? —pregunta un enfermero que entra empujando una silla de ruedas. Al ver que Andrés levanta la mano derecha, ubica la silla junto a su cama y lo ayuda a pasarse. Andrés, ocultando el dolor que le provocó el ajetreo, sonríe a Victoria para tranquilizarla. Ella le tira un beso, pero el enfermero gira la silla para sacarla del cuarto y Andrés ya no la ve.

Victoria se acurruca en la cama del amigo y, escuchando el chirrido de las ruedas alejándose por el pasillo, se relaja y llora.

Alguien le toca el hombro con suavidad. Se sobresalta y, al incorporarse, se avergüenza al ver a Gringo parado a

su lado. Trae un par de revistas de fútbol en la mano. —¿Y
Andrés? — pregunta—. ¿Cómo está?

—Y . . . más o menos. Ahora le están enyesando el brazo.

—El loco zafó, lo podrían haber matado . . . Decile que
vine y que no se preocupe por nada. Mi hermano me va a
dar una mano con el puesto.

Victoria se sienta en el borde de la cama y le pregunta:
—¿Y la moto? Yo le dije a Andrés de hablar con la policía,
pero él . . .

El Gringo la interrumpe: —Vos cuidalo a Andrés, yo me
ocupo del resto. Ahora voy a avisarle a don Peralta —dice y,
avanzando hacia la puerta, deja las revistas a los pies de la
cama—. Acá le dejo para que se distraiga.

—Yo le aviso. ¡Gracias, Gringo! —le dice Victoria.

Cuando traen de regreso a Andrés, se ve aturdido. Una vez
que lo dejan en la cama y logra encontrar una ubicación
soportable, Victoria le cuenta sobre la visita del patrón.

Betina aparece, preocupada, en la puerta del cuarto. Está
tan arreglada como siempre y trae una cartera de plástico
que simula piel de leopardo. Entra contándoles: —Como
no te encontré en lo de Margarita, pasé por el puesto y el
Gringo me contó lo que pasó . . . ¡Qué hijos de puta! ¡Son
una mierda! —Saluda con un beso a Victoria y pregunta a
Andrés—: ¿Cómo estás, che?

—Voy a . . . estar bien —responde él.

Betina suspira asintiendo y se sienta a los pies de la cama.

Victoria le pregunta: —Che, ¿cómo estás que el otro día
cuando salimos de lo de doña Frida te sentiste pa' la mierda?

—Mejor . . . mejor no preguntes —ríe y, cambiando de tema, le cuenta a la prima: —Te fui a buscar porque tengo una buena.

—¡No me digás que te salió lo del bar! —se entusiasma Victoria.

—¡Sí! El domingo fui y me pidió que cante dos canciones y después me dijo que lo iba a pensar. Anoche fui otra vez y me dijo que . . .

Victoria y Andrés la observan expectantes y ella dice:

—¡Quiere que empiece el viernes!

—¡Buenísimo! ¡Te felicito, che! —le dice la prima y aplaude suave para no molestar a los otros pacientes.

—¡Gracias a Andrés! —reconoce Betina, y le tira un beso.

—Te lo merecés —le dice él, y levanta el pulgar de la mano derecha.

—¿Y saben qué? —pregunta Betina con brillo en los ojos.

—¿Qué?

Betina sonríe creando suspenso.

—¡Dale, contá!

—Anoche estaba en el Vodevil uno de los de Banda Angosta y tomamos una cerveza y me dijo que estaban buscando un cantante pa'l grupo.

—¡¿Y?!

—Voy a ir al ensayo de ellos pa' que me prueben.

—¡Esa es mi prima, carajo! —se alegra Victoria, y la abraza.

Andrés le sonríe: —Che, vas a ser . . . más famosa que Gladys, . . . la Bomba Tucumana.

—¡Gracias, "mánager"! —ríe Betina.

Feliz, Victoria le cuenta: —Che, Beti, esta tarde tengo el examen pa' la escuela.

—¡Qué bueno, loquita! Te va a ir bien. Vos sos muy inteligente y, si no te creen, que me pregunten a mí —Betina ríe y agrega—: Bueno, me tengo que ir. —Le da un beso a Victoria—. Suerte en el examen, primita. ¡Chau, chicos! —Antes de desaparecer por la puerta, gira y le pide a Andrés—: ¡Cuidate, che!

Victoria entra al vestíbulo de la Escuela Moreno, donde los próceres enmarcados le dan la bienvenida. Ella sonríe a esos viejos conocidos e inspira profundo reconfortándose con el olor a lápices y a libros. El sonido del timbre la sobresalta y, de repente, se encuentra en medio de los escolares que, entre charlas, bromas y risas, salen apurados por volver a sus casas. Victoria detiene a uno de ellos para preguntarle por la oficina.

—Es ahí, donde sale ese señor —le indica el chico, y corre a alcanzar a los amigos.

Victoria entra nerviosa. Hay una señora que escribe en un escritorio, levanta la vista y la mira esperando que ella le hable.

—Soy Victoria Díaz y vine a dar el examen pa' . . .

—La prueba de nivel . . . —dice la mujer y busca la información en una lista que tiene sobre el escritorio—. —Sí, acá estás —dice, y hace una marca junto al nombre—. El examen es en una de las aulas que están en la galería pasando el patio. Es la que tiene el cartelito que dice 6° A. Andá que están por empezar.

Victoria agradece y sale apurada siguiendo las instrucciones.

La mayoría de los pupitres ya están tomados, sobre todo los del fondo. En la primera fila hay una chica rubia con una larga trenza que la mira y le sonríe. Victoria le sonríe también y se ubica en el banco de al lado. Acaricia la mesa de madera y se concentra en los mensajes que tallaron los estudiantes enamorados y los desilusionados, los simpatizantes de un club de fútbol y sus adversarios, los seguidores del gobierno de turno y sus opositores. Con el índice recorre los surcos:

MARITA BRUJA   RULO TE AMO   BOCA ~~RIVER~~ CAMPEÓN

AGUANTE JORGE HÉCTOR   BILDER PRESIDENTE

—¡Buenas tardes! —saluda un señor joven entrando al aula. Trae una carpeta llena de papeles—. Acá está la prueba —dice, mientras las reparte entre los estudiantes—. Tienen una hora. —Después de entregar la última, se sienta en el escritorio.

¡Qué difícil! Victoria entiende algunas de las preguntas y otras las adivina. Intenta responder lo mejor posible y terminarlo a tiempo.

Margarita la está esperando en el patio. Al verla salir del aula, le pregunta: —¿Y?, ¿cómo te fue, m'hija?

—No sé . . . creo que bien —responde ella, todavía nerviosa.

—Ya hice los papeles en la oficina. El lunes te avisan en qué grado vas a estar y el martes podés empezar la escuela.

—¡Gracias, Margarita! —le dice Victoria abrazándola. Se

da cuenta de que la mujer no sonríe como es su costumbre, que está tensa. —¿Pasa algo, doña?

—El tío de Chichón apareció en casa . . . Algún alcahuete la vio entrar.

—Pobre Chichón . . .

—Se la llevó a rastras y me amenazó que si avisaba a la policía me iba a matar.

—Perdone, Margarita, es mi culpa que la llevé a su casa.

—Por mí no te preocupes, m'hija; ya estoy curtida.

Victoria entra a Los Andes, saluda a Beto que está atendiendo a un cliente y se acerca a la caja para hablar con el dueño del café. Este le guiña un ojo mientras sigue revisando boletas.

—Che, Bigote, no creo que Chichón venga esta noche . . .

—Si apareció hace un rato.

—¡¿Qué, vino?! ¿Está bien?

—Está muy lastimada.

—¡¿Qué?! ¿Y vos cómo sabés que es mujer?

—Está ahí atrás. Hablá con ella, no me quiso contar lo que pasó.

En el depósito, Chichón tiembla sentada en la colchoneta. Victoria se agacha frente a ella y, mientras examina los golpes y cortes del frágil cuerpito de la amiga, no para de hacerle preguntas.

—¿Estás bien? ¡Qué bueno que te escapaste! ¿Cómo hiciste? ¿Qué pasó con tu tío?

Chichón, con la vista enrojecida por el odio y el dolor, solo dice: —Ese no me jode más.

Capítulo 14

YA ES DE NOCHE CUANDO VICTORIA Y CHICHÓN LLEGAN al hospital. Marko está sentado en el piso junto a la cama de Andrés y, al verlas, se asombra: —¡¿Chichón?! ¿Desde cuándo sos mujer, vo?

—Desde siempre.

—¡Guau! —dice Marko que no puede dejar de mirarla de arriba abajo. Sacude la cabeza y confiesa—: ¡Mierda que me jodiste!

Andrés, haciendo un esfuerzo para acomodarse en la cama, dice: —Hay que decirte . . . Chicholina entonces.

—Y, mirándola mejor, pregunta—: ¿Qué te pasó . . . que estás . . . peor que yo casi?

—¿Te agarró otra vez tu tío? —adivina Marko.

Chichón asiente y desvía la mirada hacia las camas vecinas.

—Ese amigote del Capitán . . . —dice Marko y se levanta furioso—. Voy a buscar la moto antes que la hagan desaparecer.

—¡Pará, Botija! —le grita Victoria.

—El Capitán te va a matar —dice Andrés y mira a las chicas pidiendo que lo detengan.

—No, no me va a agarrar ese hijo de la puta —dice Marko

metiendo la mano en el bolsillo. Saca su pasaje de ómnibus a Concordia y, agitándolo en el aire, desaparece por el corredor.

—Pobre Botija . . . Es bueno, pero es un . . . pelotudo —dice Andrés.

Chichón se pone de pie muy decidida y les dice: —Yo voy.

—Yo también —dice Victoria, y antes de que Andrés alcance a decir algo, ella le hace señas que no se preocupe.

Cuando llegan a la vereda, ven a Marko subiéndose al primero de los coches estacionados en la parada de taxis.

—Yo sé adónde va —dice Chichón, y avanza hacia el coche que ha quedado primero en la fila.

Victoria la toma del brazo. —¡Esperá! ¿Estás segura? ¿No va a ser pa' quilombo?

Chichón mira alrededor, y comprobando que nadie les presta atención, levanta un costado de su camiseta y le muestra un revólver que tiene en la cintura del pantalón.

Bajo la generosa luz de una luna casi llena, Victoria sigue a Chichón avanzando por un baldío convertido en basural.
Victoria susurra: —¿Y si volvemos? ¿No tenés miedo? —Y al no obtener respuesta, agrega—: Yo sí.
¡Qué cabeza dura que es! Pero no la puedo dejar sola.
Chichón salta un zanjón y entra por el patio abierto de una casa aledaña. Victoria la imita. Pasan a través de un alambrado roto y caminan agachadas hasta ocultarse detrás de una montaña de escombros y maderas podridas.
Chichón señala el galpón de láminas oxidadas que está del

otro lado de los escombros y habla por primera vez desde que bajaron del taxi: —Ese es el aguantadero del Capitán.

Prestan atención, solo se escuchan sus corazones desbocados y su respiración agitada. Se toman unos segundos para recobrar el aliento.

Mamá, llevame con vos a casa, cuando cantabas lavando ropa. —Che, Chichón, me da cagazo. Mirá si nos pasa algo, los pobres melli . . .

Golpes y alaridos que retumban en el interior del galpón las sobresaltan. Trepan corriendo por los escombros hacia una ventana de vidrios rotos. Victoria resbala, trastabilla y está a punto de caer cuando Chichón la agarra de la camiseta y la ayuda a recuperarse.

El interior del galpón es un caos mugriento y tenebroso iluminado por dos focos amarillentos. Hay colchones en el suelo, herramientas, latas de aceite, cables, partes de motos, sillas caídas y botellas rotas esparcidas por todas partes. La moto del Gringo está tumbada contra el portón de entrada. Entre las sombras, distinguen al Capitán que, de pie, apunta con un revólver a alguien tirado en el piso. *¡Es Marko!*

—¡¿Dónde, carajo, tenés el paquete, pendejo de mierda?! —ruge el Capitán y le pega una patada en la cintura.

El cuerpo de Marko se sacude y él gime, pero no responde la pregunta.

El matón avanza parándose con los pies a ambos lados del muchacho y este levanta los brazos para protegerse la cabeza.

—¡Desembuchá o te reviento, hijo de puta! —grita el hombre, y aprieta el revólver contra el estómago de Marko.

Chichón apunta su arma y dispara. El Capitán se tambalea y, agarrándose el vientre, se derrumba. Aliviada, Victoria se deja caer de rodillas. El sonido de un latigazo rasga el silencio.

—¡¿Y eso?! —grita Victoria, temblando.

—¡Le disparó al Botija el hijo de puta! —dice Chichón y corre al galpón.

El cuerpo del Capitán está inmóvil sobre un charco de sangre y aceite negro. Marko tiene la camiseta cubierta con sangre y el rostro hinchado. Intenta levantar la cabeza y Victoria se la sostiene. Él balbucea: —Chichón, . . . en el bolsillo . . . tengo el pasaje . . . y la plata . . . —La voz de Marko se va desvaneciendo.

Victoria le pide: —Pará, Botija, no hablés que te va a hacer mal.

Él contrae el rostro y, con esfuerzo, dice: —Andá Chichón a . . . Montevideo y llevale la . . . plata a mi . . . vieja . . . pa' que . . . ponga el puesto de . . . flores.

Chichón asiente, incapaz de hablar.

—La dirección . . . está acá . . . —dice Marko y trata de alcanzar el otro bolsillo.

Victoria lo ayuda y saca un sobre de carta abierto y ajado. Al extraerlo, cae también la foto de Marko con su mamá y su perrito Momo.

Los ojos de Marko buscan los de Victoria. —Te voy a extrañar, . . . chiquilina . . . Yo . . . —Sufre un espasmo y su cuerpo se afloja.

—¡Marko! ¡Botija! —grita Victoria cacheteándolo y sacudiéndole los hombros.

—¡Vamos, Victoria! Ya está . . . —dice Chichón y busca el pasaje y el dinero en los bolsillos de Marko. Deja el arma en la mano de Marko e insiste—: Vamos antes que aparezcan los secuaces del Capitán.

Victoria acaricia la mejilla de Marko. *Duerme, mi amigo, que los ángeles tu sueño velarán* . . . Recoge del piso el gorro negro y amarillo y, secándose los ojos, se pone de pie.

Chichón la apura y, ni bien Victoria sube al asiento trasero, acelera y sale a toda velocidad.

Frente a la casa de Margarita, Victoria salta de la moto y le ofrece: —Che, ¿querés quedarte a dormir acá?

—No, el colectivo sale retemprano. Me voy a quedar en el café, así no te jodo. De paso dejo la moto en el depósito pa' que se la den al Gringo mañana.

A Victoria le cuesta despedirse. Le acaricia el brazo diciendo: —Vas a estar bien. Mandame una carta y me contás. ¡Chau, loquita! —La abraza muy fuerte tratando de contener el llanto—. ¡Ah, pará! —le pide y, quedándose con la foto, le entrega el sobre a la amiga—. Casi me olvido, sin la dirección no la ibas a encontrar nunca a la mamá del Botija.

Chichón le sonríe con lágrimas en las mejillas. La da un abrazo rápido y se va.

Al día siguiente, tan pronto como se levanta, Victoria va al hospital.

Andrés se alegra al verla entrar y pregunta ansioso: —¡Muñeca! ¡¿Qué pasó?! No volviste, . . . estuve esperando . . .

—Tenemos la moto del Gringo —dice ella sentándose a los pies de la cama, sin fuerzas.

—¡Guau! ¿En serio?

A Victoria le cuesta hablar, y Andrés se preocupa.

—¿Qué pasa? ¡Contame!

—Están muertos . . .

—¡¿Cómo?! ¡¿Quién!?

—Chichón . . . le disparó al Capitán . . . Ella quería salvar a Marko pero . . . no pudo.

—¿Qué querés decir?

Los labios de Victoria tiemblan y su rostro palidece. —El Capitán lo mató . . . al Botija.

Andrés golpea el colchón. —¡Mierda! Él se iba a ir hoy.

Los ojos de Victoria se llenan de lágrimas. ¿Por qué, mamá?

Andrés estira el brazo sano para quitarle el cabello de la cara y la acaricia, secándole las mejillas.

El anciano parecido a Pepino juega con el dial de su radio portátil hasta que la música de un tango llena la habitación.

"... *las cosas que pasaron,*
no han sido en vano, me señalaron.
Así soy yo, un poco el resultado
de lo perdido, de lo encontrado ..." [14]

Capítulo 15

Tres meses más tarde, Andrés está sentado en un banco del Parque Urquiza, frente a la estatua de la mujer indígena que sostiene la flecha. Tiene un ramo de jazmines en la mano.

—¡Feliz cumple, muñeca! —le dice a Victoria extendiéndole las flores.

—¡Gracias, che! —Ella las huele. —Mmmm! ¡Cómo me conocés, guacho! —le da un beso y se sienta a su lado.

—¿Y?, ¿cómo te fue en la escuela?

—Bien. Nos dieron un examen sorpresa de matemáticas y lo hice todo bien. ¡Ah! Escuchá, me llegó una carta de Chichón.

—¿Qué cuenta la loca esa?

—Está rebien. Está laburando con la mamá del Botija que abrió el puesto de flores.

—¿Te gustaría que vayamos a visitarla algún día? Digo, después que termine el campeonato y cuando vos tengas vacaciones de la escuela.

—¡Me encantaría, vo! Hay que ir practicando el uruguayo —ríe, ilusionada—. Y vamos a conocer todos esos lugares que le gustaban a Marko —dice Victoria y se entristece.

—Vení, **chiquilina** —pide Andrés y, levantándose, le

ofrece la mano—, te invito a comer algo a Los Andes.

Victoria acepta la mano y se pone de pie. —Dale, me muero de hambre.

Andrés pone su brazo alrededor del hombro de ella y, mientras caminan, Victoria le cuenta: —Iba ir por lo de doña Frida después.

—Si fuiste hace poco.

—Es que me gusta ir. Ella es como una tía pa' mí. La ayudo un poco y veo a Betina, cuando está. Me dijo que un día va a llevar a los melli y que me va a avisar, así voy yo también.

Andrés sonríe y le besa la cabeza.

Cuando faltan pocos metros para llegar al café, Andrés cubre los ojos de Victoria con sus manos.

Ella se libera y pregunta sorprendida: —¡¿Qué hacés?!

—Ya vas a ver. —Él vuelve a taparle los ojos, esta vez con más firmeza. La guía hasta el interior del café y allí quita sus manos para dejarla ver.

—¡SORPRESA!

Allí están Martín y Damián, Betina, Bigote, Beto, Cacho, Margarita, doña Frida y el Gringo. Hay un cartel colgado a lo ancho del local:

¡FELIZ CUMPLE VICTORIA!

—Falta el Mordelos y estamos todos —ríe Victoria.

Martín le cuenta: —Se quedó con doña Norma.

—No querían que viniera —se queja Damián haciendo puchero.

Todos ríen, enternecidos, y Victoria le explica las razones por las que no le permitieron traerlo.

Beto toma la guitarra y le cantan el "Feliz cumpleaños".

Ella, feliz, les agradece y saluda a cada uno con un beso y un abrazo.

Mientras todos se sirven algo para comer y beber, Bigote comenta a Andrés: —El otro día te vi en el diario. Cuando pueda zafar del laburo, voy a verte a la cancha.

—Te espero —dice Andrés con una sonrisa y, esquivando a los mellizos que pasan corriendo, se sienta a charlar con el Gringo. Cacho trae un pastel con quince velas y, colocándolo sobre la mesa, anuncia: —Lo hice yo, gurisa. Espero que te guste.

A Victoria se le iluminan aún más los ojos y se acerca a observarla: —¡Guau, Cacho! Sos un genio.

Una vez que ella se ubica detrás de las velas, Betina comienza a cantar el "Feliz cumpleaños" y el resto se une al canto mientras rodean a Victoria. Ella cierra los ojos, pide tres deseos y sopla bien fuerte. Todos aplauden y ella está tan feliz que no sabe qué decir.

Cacho corta la torta y Beto trae cucharitas y platos para que cada uno se sirva. Victoria le lleva una porción a Bigote y le dice: —Gracias por la fiesta, che.

—Fue idea de Andrés.

Doña Frida se acerca y pide permiso para hablar con Victoria. La toma del brazo y le dice: —Mirá, querida . . . ¿Viste a Marilén?

—¿La señora esa que está en la pensión?

—Sí. Se va a fin de mes a vivir con la hija que se divorció —cuenta la mujer y, sonriendo, hace una pausa—. Bueno . . . , pensé que podrías venirte vos a esa habitación. ¿Qué te parece?

A Victoria le entusiasma la idea, pero duda y le confiesa:

—Está bueno, pero . . . yo estoy juntando plata pa' mudarme con los melli y no me alcanza pa' un cuarto en su casa. En lo de Margarita no me cuesta nada.

Margarita escucha que la nombran y presta atención a la conversación entre doña Frida y Victoria.

—Eso no es problema. Marilén me paga una parte ayudando con la casa. Vos podés hacer lo mismo.

—Y yo le puedo dar tu cama a otra chica —dice Margarita, acercándose.

Doña Frida asiente y, poniendo una mano en el hombro de Victoria, le dice: —Además, en mi casa vas a poder traer a los mellizos cuando quieras.

Victoria sonríe emocionada y las abraza.

Luego de charlar con todos y cada uno de los suyos, Victoria se acerca especialmente a Andrés y espera a que termine de intentar tocar la guitarra de Beto. Le da un beso y le dice:

—Mil gracias por todo esto. Es . . . perfecto.

—Vos sos perfecta, muñeca.

Ahora sí, mamá. Todo va a estar bien.

Victoria canta para sí:

" . . . Tendrás que hacer de cuenta que empieza otro camino
donde te espera un sueño que habrá de florecer
el día en que amanezca de nuevo tu destino
y sólo sean sombras las noches del ayer . . . "[15]

Canciones

(fragmentos)

1 *Duerme mi niña* | Víctor Prestipino y Mario Canaro

2 *Cafetín de Buenos Aires* | Enrique Discépolo y Mariano Mores

3 *La próxima puerta* | Norberto Rizzi y Saúl Cosentino

4 *Te has comprado un automóvil* | César Garrigós y Antonio Tanturi

5 *El firulete* | Rodolfo Taboada y Mariano Mores

6 *En esta tarde gris* | José M. Contursi and M. Mores

7 *Uno* | Enrique Santos Discépolo y Mariano Mores

8 *Malevaje* | Enrique Santos Discépolo y Juan de Dios Filiberto

9 *Comprale un choripán* | Pocho La Pantera

10 *Adiós muchachos* | Julio César Sanders y César Vedani

11 *Mirá qué negro que soy* | Supermerk-2

12 *Canción del surubí* | Rodolfo Correa

13 *Tres amigos* | Enrique Cadícamo

14 *Milonga por tantas cosas* | Amanda Velazco y Carmen Guzmán

15 *La próxima puerta* | Norberto Rizzi y Saúl Cosentino